呆呆地

沈禹图 ◎ 著 绘

山谷 韦娜 ◎ 译

구두커니

山东友谊出版社·济南

우두커니 (Standing Empty) By Simwoodo
First published in 2019 by Simwoodo
심우도.
All rights reserved.
Simplified Chineseedition year,by Beijing Sande Culture Co., Ltd.
This Simplified Chinese edition was published by arrangement with Simwoodo through HAN Agency Co., Korea and Rightol Media Limited, China

图字—2023—001

图书在版编目（CIP）数据

呆呆地 /（韩）沈禹图著绘；山谷，韦娜译 . — 济南：山东友谊出版社，2023.2

ISBN 978-7-5516-2695-8

Ⅰ . ①呆… Ⅱ . ①沈… ②山… ③韦… Ⅲ . ①长篇小说 - 中国 - 当代 Ⅳ . ① I247.5

中国版本图书馆 CIP 数据核字（2022）第 234033 号

呆呆地
DAI DAI DE

责任编辑：孙锋
装帧设计：仙境

主管单位：山东出版传媒有限公司
出版发行：山东友谊出版社
         地址：济南英雄山路 189 号　邮政编码：250002
         电话：出版管理部（0531）82098756
                市场营销部（0531）82098035
         网址：www.sdyouyi.com.cn

印　　刷：运河（唐山）印务有限公司

开本：880mm×1230mm　　1/32
印张：13.75　　　　　　　字数：137.5 千字
版次：2023 年 2 月第 1 版　印次：2023 年 2 月第 1 次印刷
定价：68.00 元

目录

引子 ·1

- 1. 搬家之日 ·11
- 2. 可能是梦吧 ·21
- 3. 暴雨 ·31
- 4. 爸爸的画 ·41
- 5. 我妈的嗓音 ·51
- 6. 连月亮都没有的夜晚 ·61
- 7. 稻草人 ·71
- 8. 了解老年性痴呆 ·81
- 9. 石子 ·91
- 10. 墙壁 ·101
- 11. 不要生病 ·111
- 12. 我们为什么能够坚持下来 ·121
- 13. 没关系的 ·131
- 14. 花瓣 ·141
- 15. 心灵的重量 ·151
- 16. 健康状况说明书 ·161
- 17. 爸爸的一天 ·171
- 18. 当时我没发现 ·181
- 19. 首尔游览 ·191
- 20. 简易理发店 ·201
- 21. 客人 ·211

- 22. 满月 ·221
- 23. 蜂之墓 ·231
- 24. 迟到 ·241
- 25. 蓝色大脑 ·251
- 26. 我的一天 ·261
- 27. 礼物 ·271
- 28. 父亲的漫画 ·281
- 29. 感冒 ·291
- 30. 爱哭鬼妈妈 ·301
- 31. 圣诞节的恶梦 ·311
- 32. 荣宇的一天 ·321

- 33. 以父亲之名 ·331
- 34. 刺 ·341
- 35. 隧道 ·351
- 36. 导火线 ·361
- 37. 急救室 ·371
- 38. 空房间 ·381
- 39. 四月 ·391
- 40. 春天将过去 ·401
- 41. 父亲留下来的东西 ·411

    后记 ·424

    结语 ·426

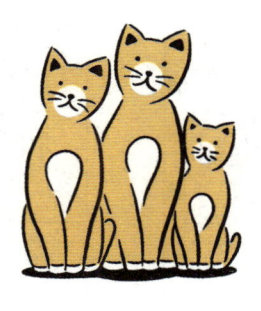

引子

去年夏天

我们搬到了

清州的一个小区。

在这里,

年迈的父亲、

老公和我,

三个人生活在一起。

老公荣宇和我

是已婚5年的同龄夫妻。

我俩是彼此的初恋,

经过了7年的恋爱长跑,最终组建了家庭。

陪伴了我35年的父亲,

即将步入鲐背之年。

呼呼

在和荣宇交往了三四年的时候，我们曾经聊过一些事情。

我……即使结婚也要和我爸一起生活。

如果真的要和某个人结婚的话，我希望那个人是你。

他上了年纪，虽然不知道还能陪他多久……

你能接受吗？

呼—

呃……

但是呢，荣宇……

这个嘛……

在那之后，直到恋爱第7年，我们开始认真考虑结婚这个问题了。

然后一起照顾伯父。

真的……可以吗？

我们结婚吧。

也许是进入了三十岁，荣宇变得更加包容了；也许是随着我们相爱的时间变长，他变得更加爱我，更加理解我，最终他不光接纳了我，还接纳了我的父亲。

嗯。

我要和父亲一起生活的原因

叮—

不是因为我最孝顺,

也不是因为我的经济情况最好,

独自生活的父亲,

而是因为我得到的父爱最多。

已经老了。

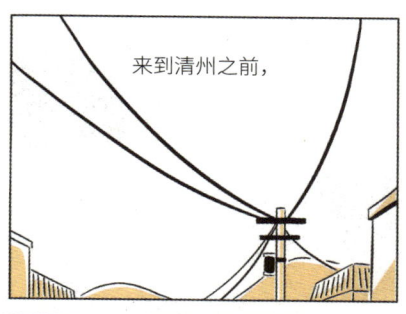

来到清州之前，

随着我和荣宇结婚，

我们住在安山的一栋多户型公寓里。

进来吧。

爸爸和我，

岳父您好，请多多关照。

本来是我们两个人住的。

荣宇成为我们家庭中新的一员。

也不是说
他不喜欢荣宇，

大概他只是觉得跟
结了婚的女儿生活在一起，

是一件寄人篱下
的事情。

然而，和我们
夫妻二人一起生活
让父亲感到很不舒服。

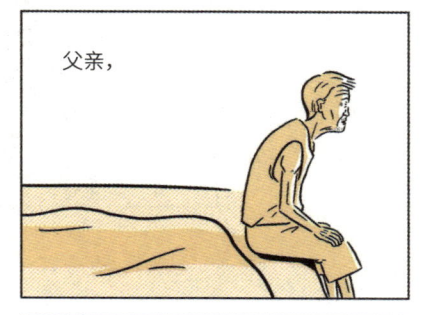

父亲，

总是一个人呆呆地站着。

久久地

看向窗外。

有一天，

父亲，

被确诊为阿尔茨海默病，俗称老年性痴呆症。

1. 搬家之日

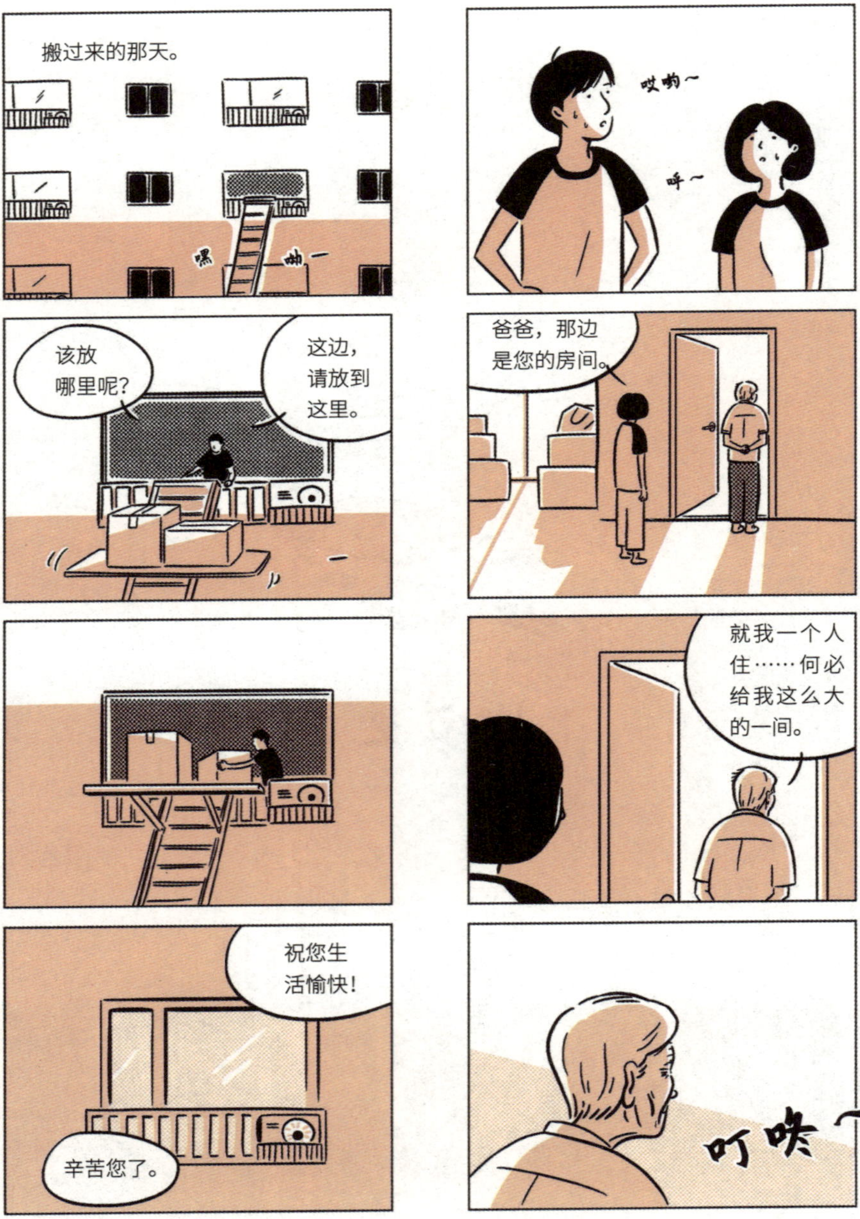
搬过来的那天。
嘿
咻～
哎哟～
呼～
该放哪里呢？
这边，请放到这里。
爸爸，那边是您的房间。
就我一个人住……何必给我这么大的一间。
祝您生活愉快！
辛苦您了。
叮咚～

来到清州的原因是 叮咚~ 叮咚~	姐姐有两个孩子， 小敏！ 姨妈！
来了！	
	她们都还小。 嘻嘻~
为了离我的姐姐近一些。我们搬到了她们家旁边的一栋公寓里。	因为姐夫工作繁忙，姐姐要独自照顾两个孩子，所以看起来特别疲惫。

这样，我就可以帮忙照顾外甥女们。
抱抱，抱抱～
我本来是要点炸酱面的，
但最后想了想还是买了猪蹄回来。
可以一家人在一起吃饭，
住得近真不错。
吧唧
吧唧
嚼
嚼
岳父，您辛苦了，好好休息一下。
小敏，快向外公问好。
哎呀，好的。
哈哈哈
鞠躬
我们走啦
快回去吧。

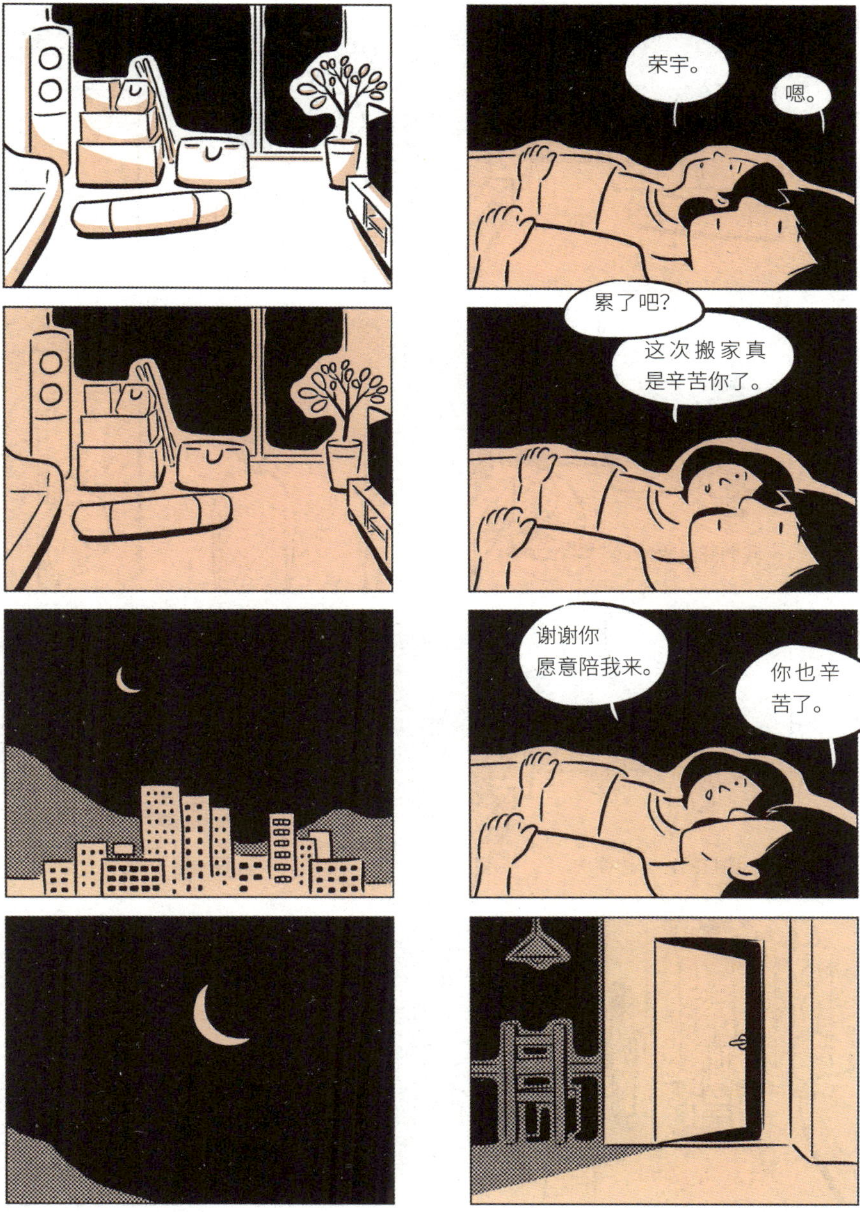
荣宇。
嗯。
累了吧?
这次搬家真是辛苦你了。
谢谢你愿意陪我来。
你也辛苦了。

第二天，

我们开始收拾，

一边打扫，一边擦洗，

好了吗?
嗯。

一转眼就是一天。

那天晚上，
直到很晚

咚咚—

父亲的房间一
直亮着灯。

您还没睡吗？

起初我以为是父亲开着灯睡着了，

然而并不是。

你，干吗那样做？！

我被吓了一跳。
你为什么要这样做！
您在说什么啊？
一时愣在了原地。
我怎么了？
比起这顿莫名其妙的斥责，我更被父亲的脸色吓到了。
你把我的存折和印章都放到哪里了？我怎么都找不到！
搬家的时候我不是跟您说了嘛，怕一不小心弄丢了，所以单独给您收起来了。
这已经不是我认识的父亲了。
搬来之后就应该马上给我啊，你还在这里跟我装糊涂！
爸！我们昨天才搬过来，我本来打算全都收拾好了再给您的！

岳父怎么生这么大的气啊？
不知道，莫名其妙。
给您。您直接让我拿给您不就行了，用得着这么生气吗？
闭嘴，出去！
睡不着了。
父亲刚刚那种陌生的表情一直浮现在我眼前。
一股委屈慢慢涌上心头。

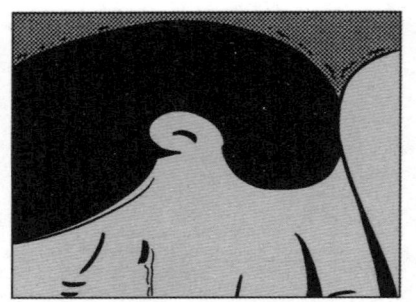

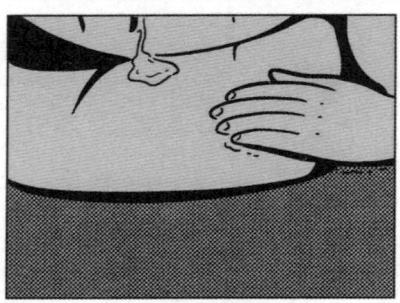

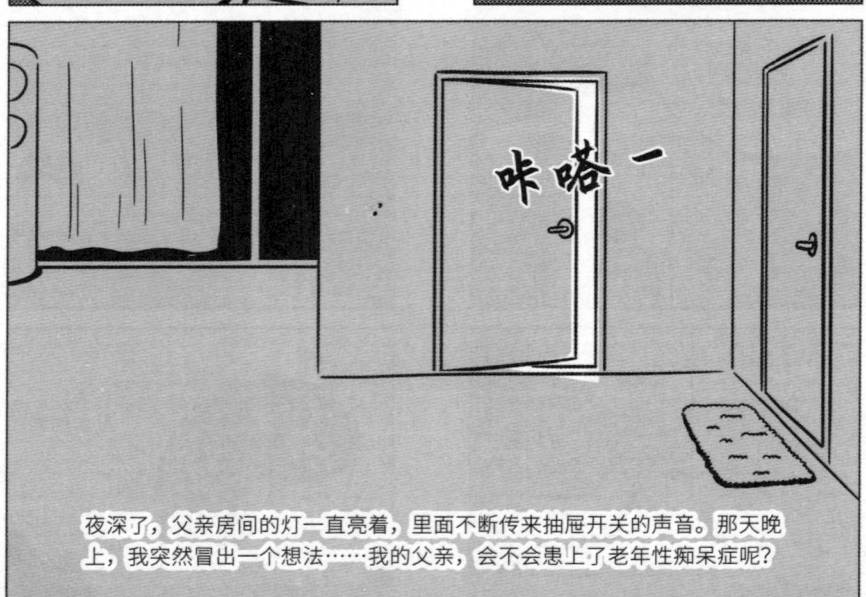

不管对别人怎么样，

父亲对我一直很和蔼。

咔嗒一

夜深了，父亲房间的灯一直亮着，里面不断传来抽屉开关的声音。那天晚上，我突然冒出一个想法……我的父亲，会不会患上了老年性痴呆症呢？

2. 可能是在做梦吧

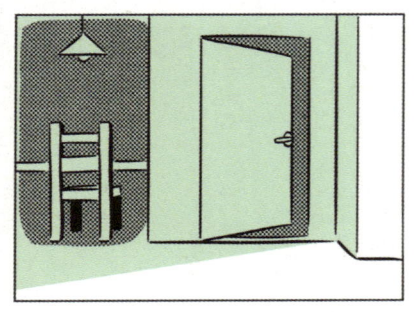

一整个晚上，

起来了吗？

我都没有睡好。

父亲像什么都没有发生一样，情绪已经平稳了。

还没睡着，天就亮了。

嗯。

可是，我内心的不安还是隐隐地挥之不去。

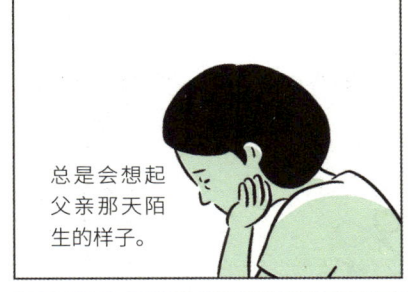

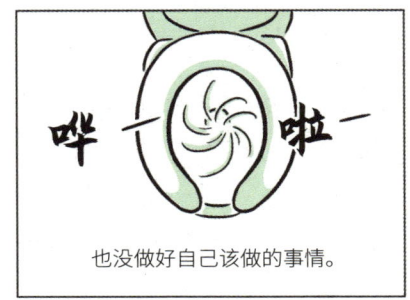

	但我，

	总是会想起父亲那天陌生的样子。

搬家一周后，	我自己……

家里都收拾得差不多了。	哗——啦—— 也没做好自己该做的事情。

忠北 清州市 兴德

在父亲熟悉这个地方之前,我每天都会陪他在小区里走一走。

爸,您收好这个。

这里有我们家的地址和电话号码。

下去时,按向下的箭头,

出门之前一定要记得放在口袋里。

好。

按1号键就能到达一楼。

有时候会去离家 300 多米远的超市，
大众超市
빵
或者绕
小区逛一圈。
呃~
您要按向
上的箭头，
然后再按我们
家的楼层。
六楼。
六楼……
嘎吱嘎吱~

几天后，凌晨……
我去上厕所的时候
看到了父亲。
父亲站在
玄关前面。
爸，
您在那儿
干吗呢？
我的孩子
要回来了
……
我不知道是
我哪一个小
孩……反
正……我在这
儿等等就行。

听到他奇怪的回答，我一下子就清醒了。
爸，现在是凌晨5点。
谁都不会来的。
我记得有人要来呢……
您是不是做梦了啊？
做梦？
快进去休息吧。
是梦吗……
砰—
那天凌晨，担心父亲是不是患上了老年性痴呆症的想法更加强烈了。

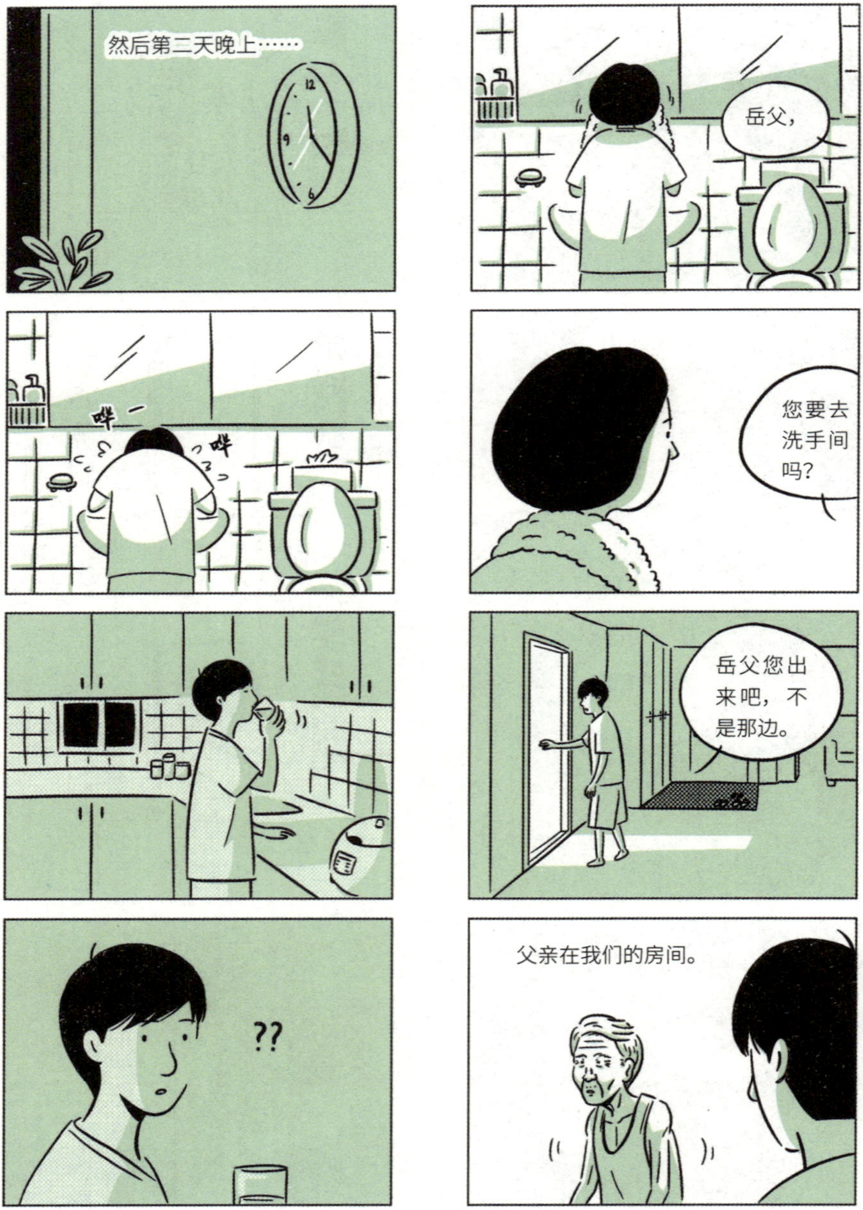
然后第三天晚上……
岳父，
哔—
哔
您要去洗手间吗？
岳父您出来吧，不是那边。
??
父亲在我们的房间。

像个迷路的孩子一样转来转去。

应该要点灯的啊,怎么什么都没有?连根火柴都找不到。

我一下子明白了。

您干吗要点灯呢?

爸,您先过来。

大门外那么暗,能看见什么!

哎,怎么连一个能点火的东西都没有。

哎呀,真是的!

爸，您是不是又做梦了？
我说门外很黑的。
吱～
爸，
现在这么晚了，大家都在睡觉呢。
现在您先去休息，明天醒了之后给您。
您快去睡吧。
沙沙～
我们明天带岳父去检查一下吧。
哎哟，家里连一根火柴都没有……真的是……
砰～

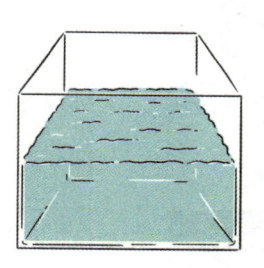

3. 暴雨

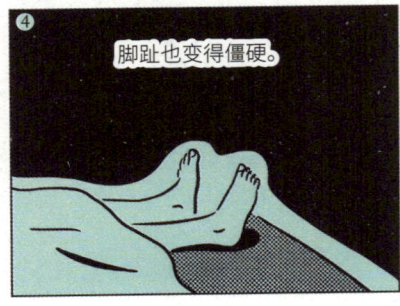

1　无法入眠。

2　无数的杂念充斥在我的脑海，

3　心脏怦怦直跳，

4　脚趾也变得僵硬。

5
真的是老年性痴呆吗？或者是精神病？

搬过来之后就变得奇怪……难道是风水原因吗？

不是，搬家之前就有点奇怪了。

跟我们生活在一起这么辛苦吗？可能我不够细心，性格太木讷了……爸爸应该挺孤独的……

有些对不起荣宇啊。我是爸爸的女儿，但他……何苦跟着受罪呢……

我们还没有孩子……马上就要40岁了……还能生孩子吗？

① 我害怕了。

② 那一夜真是……

③ 太漫长了。

⑥ 唰— 唰—

⑦ 哗— 哗—

跟我聊一会儿。

失败。

您说。

我要离开这里。

啊?

父亲的表情看起来好像不太好。突然有些紧张。

先躲开吧。

我以为父亲记起了昨天发生的事情。对昨天那样的自己有些不能释怀……

您记起昨晚的事情了？ 对。	父亲口中的"那个人"，是荣宇。
我都这么大把年纪了……我活到这把年纪是为了受到这种对待的吗…… 但是……	爸爸的记忆被扭曲了不少。
我，太惨了，太惨了。 哽咽 我好像想错了。	爸，您误会了。
昨天晚上那个人朝着我大喊，让我出去！	您昨天晚上睡得好好的，突然起来说了一些奇怪的话。 然后在我们的房间里走来走去的，所以荣宇才让您出去的。

不用护着他!
呼~
我告诉你，我出去是讨饭还是饿死，我都自己看着办!
岳父，
我也开始慢慢有些生气了起来，却还是抑制住涌上心头的怒火。
您误会我了，我没有赶您出去的意思。
您消消气。
您都快 90 岁的人了，一个人怎么生活?
你不用在这里说些废话，你就舒舒服服地过你的日子吧!
父亲并不是真的想要离开这个家，他只是想用生气来表达自己的不满。

嘀嗒—
嘀嗒—

哗 哗哗 哗

我们是不是要先去一趟保健所呢?
听说那里可以免费检查老年性痴呆症呢。

唰—

什么时候去呢?
等岳父他气消了……再去吧。

唰— 唰—

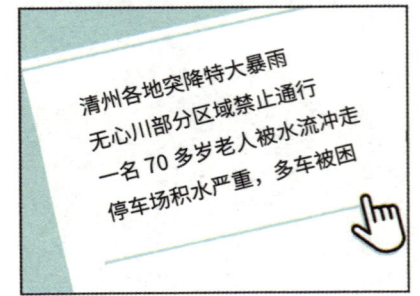

唰 唰——

清州本来是很少下雨的地方……但今年夏天突降暴雨。

清州各地突降特大暴雨
无心川部分区域禁止通行
一名70多岁老人被水流冲走
停车场积水严重,多车被困

虽然我们的房子幸免于难,

但是看不见的洪水却涌进了我和荣宇的房间。

如果继续这样下去,

或许不久我们就要被淹没了。

几天后。 我先去启动一下车。

嗯。

以在保健所可以免费体检为由，

可能还会下雨，

空中乌云密布。

哗哩哩—

我们成功说服了父亲。

隆隆—

前往保健所的路上……为了不让眼泪流出来，我拼命忍着，喉咙都发痛了。

4、爸爸的画

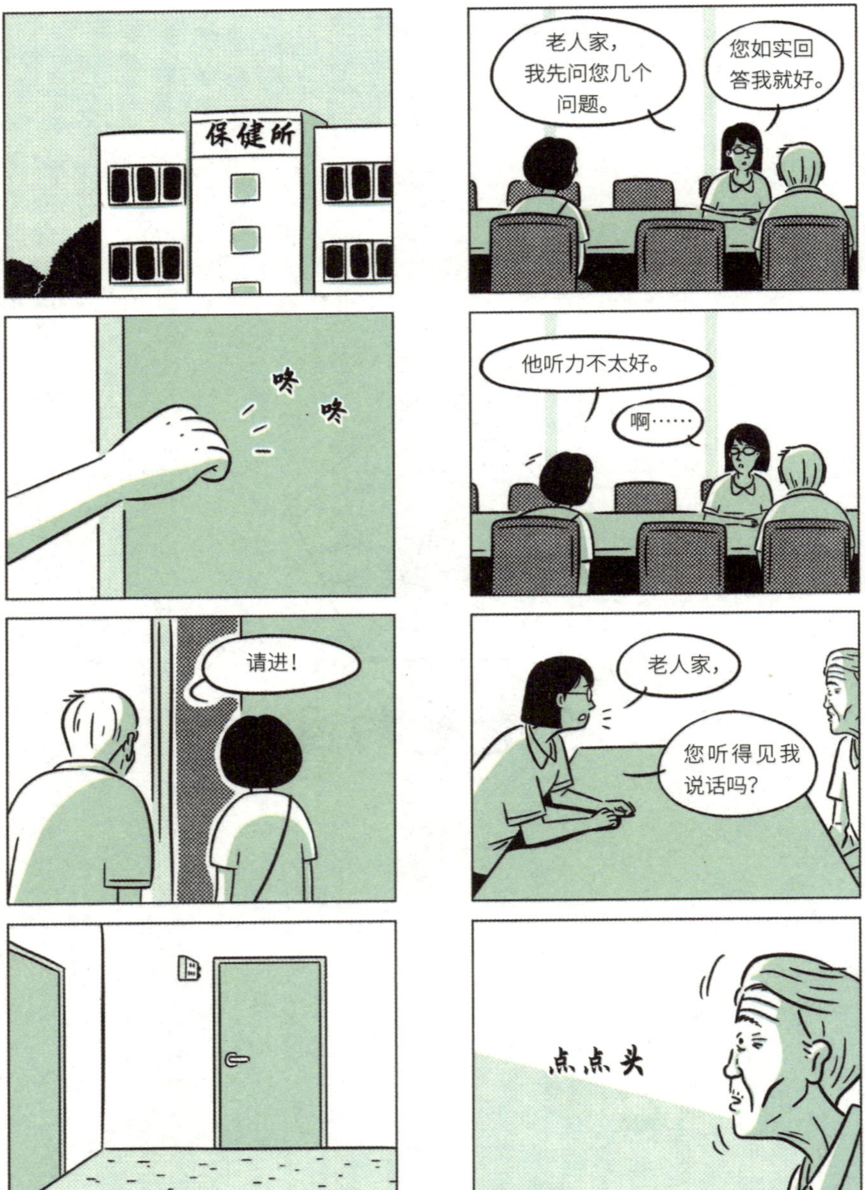
保健所
咚
咚
请进！
老人家，
我先问您几个
问题。
您如实回
答我就好。
他听力不太好。
啊……
老人家，
您听得见我
说话吗？
点点头

老人家，您知道这里是什么地方吗？
您知道自己现在在哪里吗？
那您知道今天是几月几号吗？
这里……
东看看
西望望
今天……是七月吗……
七月……十……几号来着……
听说会做什么……检查来着……
四处打量
那现在是什么季节呢？
不是医院吗？
最热的时候。三伏天。

44

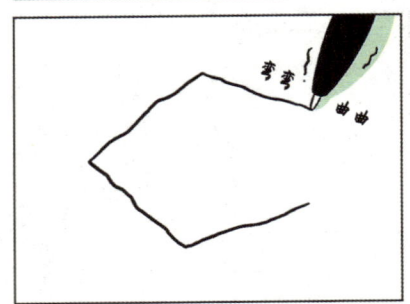

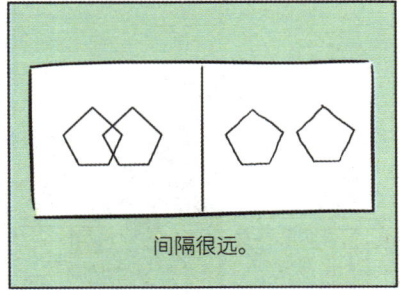

父亲画的两个五边形

间隔很远。

老人家,已经问完了。您休息一会儿吧。

家属。

目前……这个分数,相对于老人家的年纪来说……确实有些低了。

另外,老人家还有什么其他方面的问题吗?

有的。

晚上睡着睡着会起来到处走动,还说着一些奇怪的话。

好像有些分不清梦境和现实的感觉……

啊,这种睡眠障碍的情况在老年抑郁症群体中也经常出现的。

要不您先带老人家去医院的精神科检查一下?

抑郁症?但是,不仅有睡眠障碍……性格也变了很多。

有时候像是个陌生人一样。所以我们就担心会不会他是患上了老年性痴呆症呢……

那……我帮您联系一下相关的医院。

45

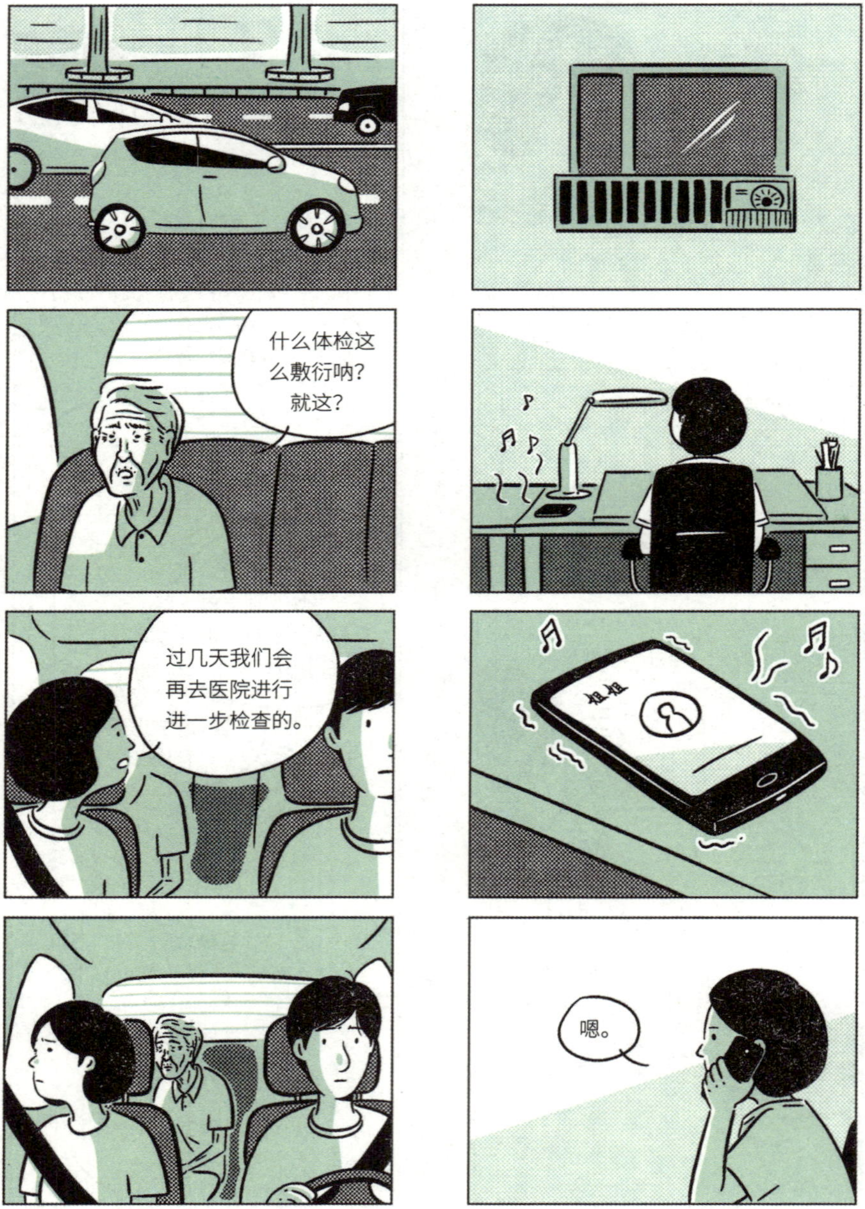
什么体检这么敷衍呐？就这？
过几天我们会再去医院进行进一步检查的。
嗯。

吃午饭了没？
吃了呀。
怎么办啊？
你之前怎么不告诉我呢？
我带爸爸去了趟保健所……
保健所？怎么了？
知道了，嗯。
嗯。
我告诉了姐姐最近发生的事情。

几天后，我带父亲去了医院。

检查结果会在一周之后出来。

李凤燮先生。

在！

家属自己来也可以。

好的。

现在体检项目全部做完了。

我们回家吧。

心理咨询、
血液检查、
CT 检查……

怎么这么慢，麻烦！

叮—咚—
一周之后……
出结果的那一天。
姐姐来了。
夏敏睡了吗？
嗯。
爸也是。
一路小心。
因为担心父亲会单独出门，就叫姐姐过来待一会儿。
去医院的路上，我们谁都没有说话，但各自的内心波涛汹涌。
哔哩哩—
呜—

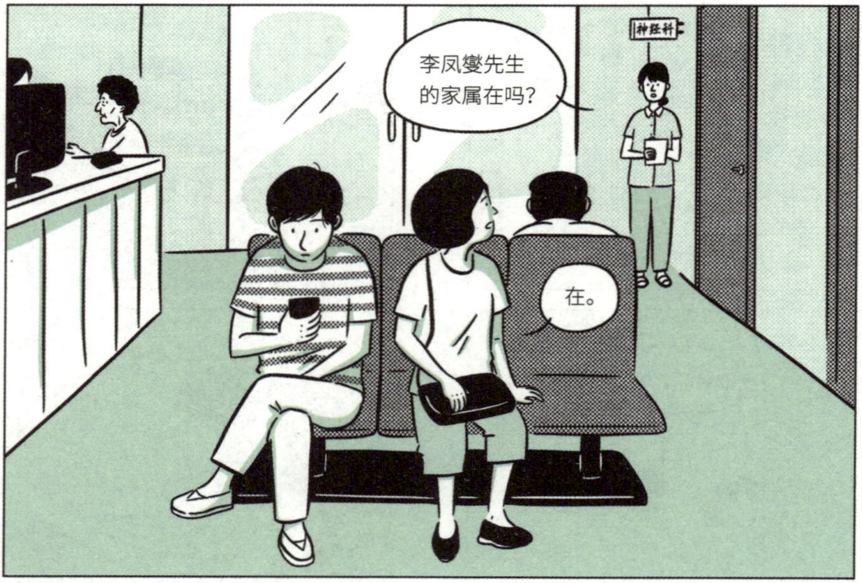
神经科
李凤燮先生的家属在吗？
在。

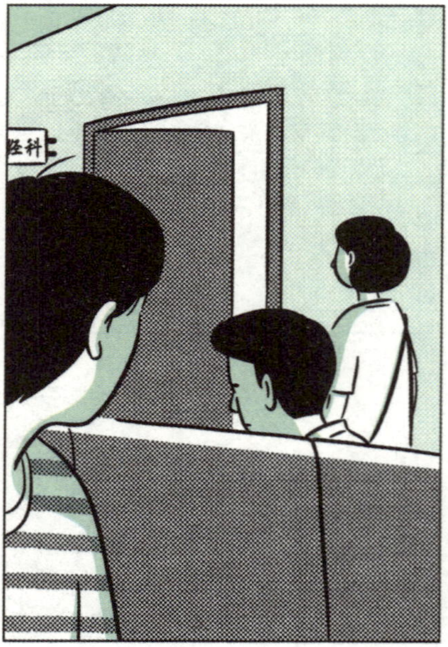
经科

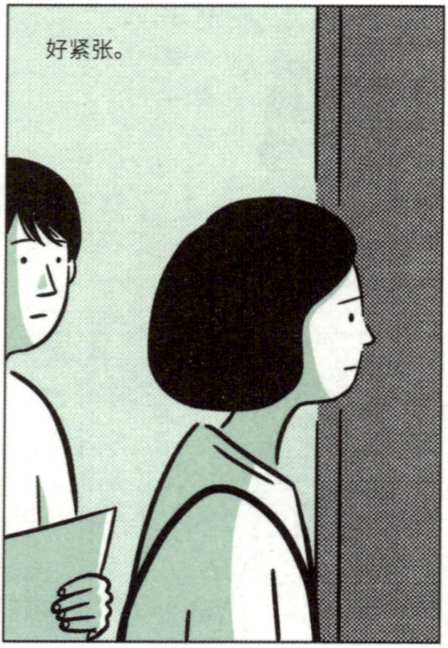
好紧张。

5. 妈妈的声音

神经科
本来，老年性痴呆症和抑郁症的症状就有些类似……所以诊断起来还是有一定困难的。
嗯……
血液检查结果并没有什么异常呢。
目前这种情况，很难确诊您父亲是否患有老年性痴呆症。
那，我们该怎么办呢？
大脑确实出现了一些萎缩的情况……
但不是太严重。
可以试试 MRI 检查，但这种检查费用很高，而且结果也并不是百分之百准确的……
从心理咨询结果来看，您父亲的抑郁程度还是有些严重的。
要不先吃一点药看看？
那吃点什么药好呢？

针对老年性痴呆症和抑郁症的药，一起开给您吧。
如果没有患上老年性痴呆症的话，也可以吃这种药吗？
对，没关系的。
请两周以后再来检查一遍吧。
谢谢您。
当时在保健所也是，都说有可能是抑郁症……
真的只是抑郁症吗？
呜—

哗 哗 哗 哗	
我们回来了。	哦哦—
我们回来了。爸爸呢？在睡吗？ 没有，在跟夏敏一起玩呢。	父亲的笑容，
	真的好久不见了。

医院那边怎么说?
说不一定是老年性痴呆症，也有可能是抑郁症，不过医院那边也很难确诊。
然后开了两周的药。
只能先让爸爸把这些药吃了，看看情况再做打算了。
行吧……
我走了。
怎么这么早就走呢?
小敏快要从幼儿园放学了。
我们下次再来啊。
慢走。
咔嗒—

姐姐和外甥女回去，门被带上之后……

上周您不是去医院接受检查了嘛，结果出来了，所以我到医院去了呀。

房间里陷入了短暂的沉默。

因为爸爸在睡觉，所以只有我们过去了。医生说只是家属去也可以的。

然后接下来的是，

他们说问题不大，但还是有一些不太好的地方，所以开了一些药。

父亲凶狠的声音：

你们都没告诉我你们到哪里去了！

都是为了卖药骗人的，不要相信那些骗子！

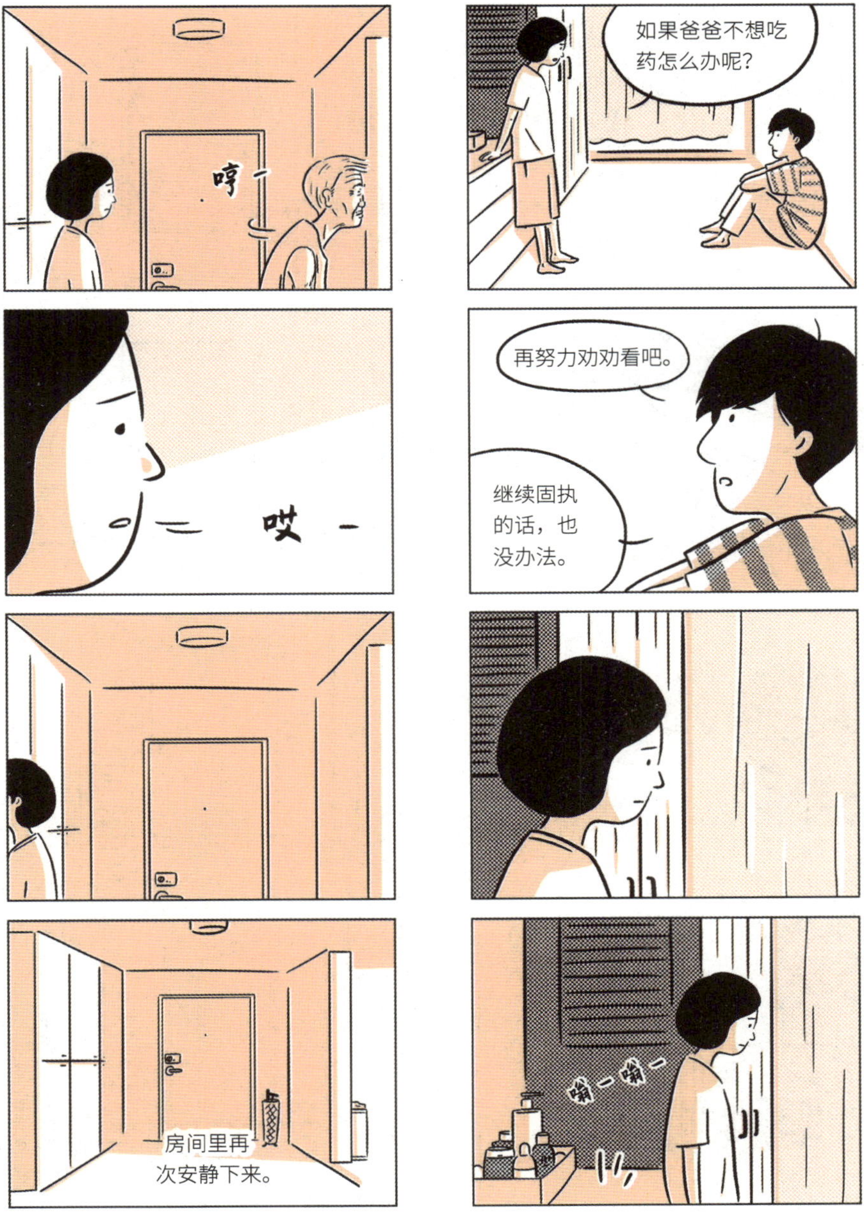
哼—
哎—
房间里再次安静下来。
如果爸爸不想吃药怎么办呢？
再努力劝劝看吧。
继续固执的话，也没办法。
嗡—嗡—

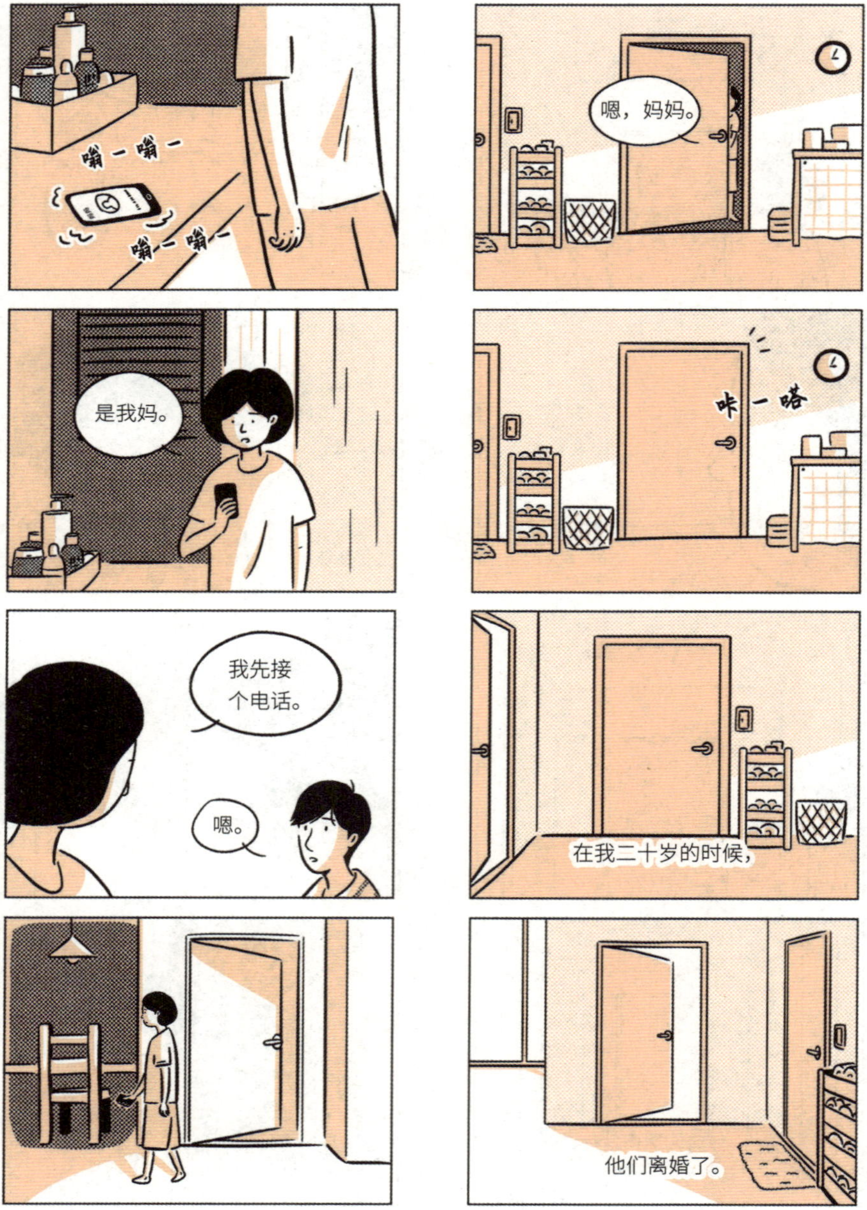
嗡—嗡—
嗡—嗡—
是我妈。
我先接个电话。
嗯。
嗯，妈妈。
咔—嗒
在我二十岁的时候，
他们离婚了。

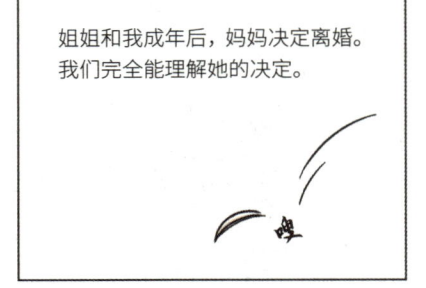

他们两个是在年纪很大的时候相遇的，然后结了婚，生下了姐姐和我。	两人性格迥异。父亲细腻敏感，
我出生的时候，父亲已经五十多岁了，妈妈也已经四十多岁了。	妈妈性格豪爽。所以他们经常会吵架。
因为爸爸年纪大、身体弱，再加上没有专业技能，所以就一直失业在家。	姐姐和我成年后，妈妈决定离婚。我们完全能理解她的决定。
所以我们家的情况是妈妈赚钱养家，爸爸负责料理家务，生活得还不错。	父亲虽然很伤心，但也尊重妈妈的决定。

我听你姐说你爸最近身体不舒服，生病了吗？
去医院做了个检查，看是不是患上了老年性痴呆症，但是医生也没有办法确诊，说是也有可能患上了抑郁症。
你爸爸快要九十岁了，换居住地之后，就有可能这样子。
是吗？
不要胡乱应付吃饭，即使没有胃口也要好好吃点东西。
好，妈，您也要好好吃饭，不要只吃泡菜。
听着妈妈的声音，
我开始安心起来，
好像一切都会好起来一样。

6.连月亮都没有的夜晚

荣宇和我在画网络漫画。	每周总是赶着截止时间交稿。
我们是一个团队。	因为搬家的缘故,
我负责策划故事,	再加上父亲的身体又出现了问题,
他负责画画。 沙 沙—	所以最近没有什么时间工作。 今天可以完成吗? 马上好了。

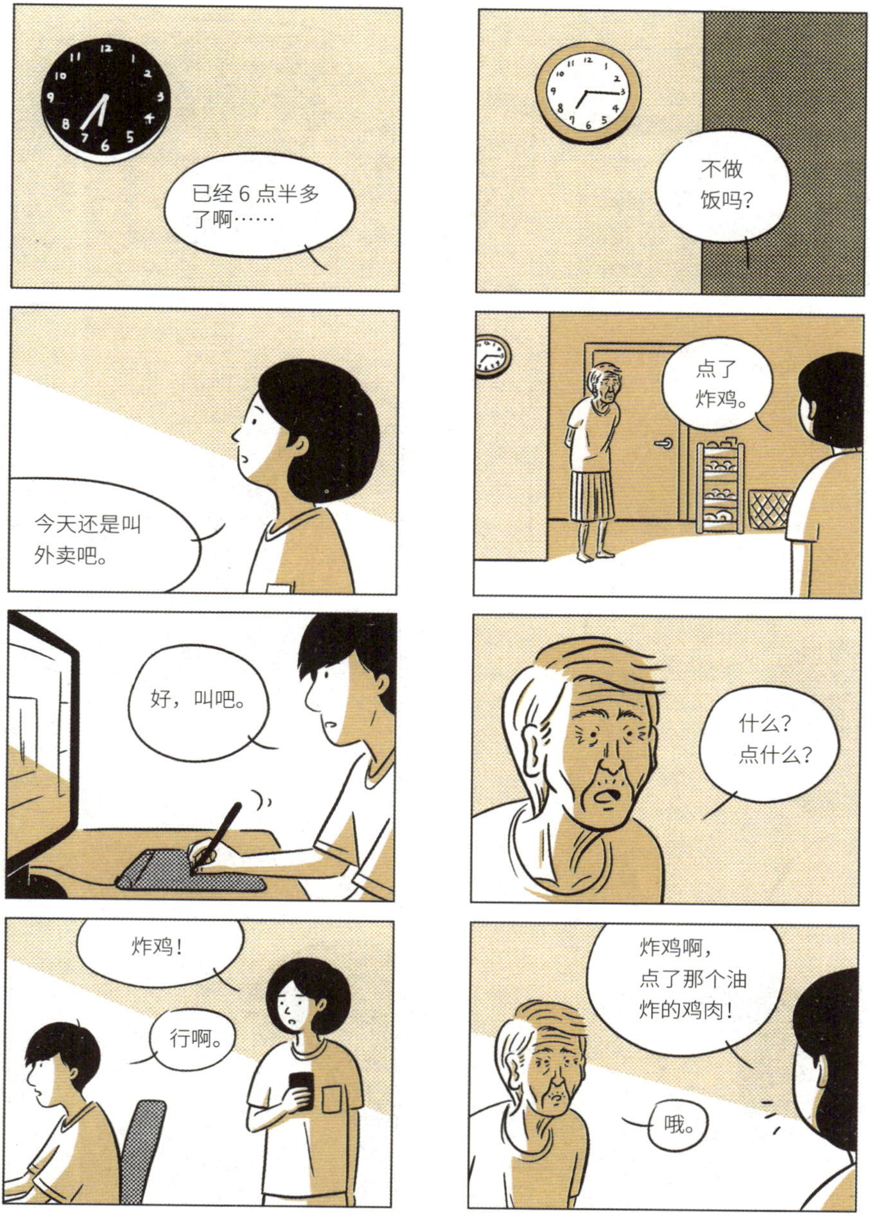

已经 6 点半多了啊……
不做饭吗？
今天还是叫外卖吧。
点了炸鸡。
好，叫吧。
什么？点什么？
炸鸡！
行啊。
炸鸡啊，点了那个油炸的鸡肉！
哦。

叮咚—

外卖！

请慢用。

谢谢。

在客厅吃吧。

嗯。

爸，来吃炸鸡哦！

来尝一尝。

先放一个鸡腿到父亲的碟子里，

多吃点。

又把剩下的一个放到了荣宇的碟子里。

虽然也没吃什么山珍海味，但是这样挺开心的。

可能因为很久没吃外卖了，父亲吃得很开心。 哐哐	我们，
大家知道在八十五岁以上的老年人群体中有一半以上是老年性痴呆症患者吗？ 嚼嚼	将与你同行！
让患者与家人，共同受苦的疾病——老年性痴呆症。	
这不再是你一个人的问题，	嚼 嚼

这些都
要吃的。
吃药吧。
要吃的药越
来越多……
我该快点去
死了……
怎么这个
药……
更多了？
不管怎样……
咕咚一
原来吃的降压药和止痛
剂再加上治疗老年性痴
呆症、抑郁症的药。
因为我们又从
医院里拿了一
些新的药。
还好他吃了药。

那天晚上，我们交上稿子之后

看着电视休息了一会儿。

岳父是不是在说话啊？

这个，这样让人怎么用啊！

父亲一个人在房间里大声说着些什么。

您怎么了？
被子就要这样的大小，再小了就不能用了。
被子这样怎么盖？
被子怎么了？
还是找时间剪掉吧，真的是……
太大了，都耷拉到外面了。
怎么能用剪刀把被子剪掉呢？
一直盖得好好的，您今天晚上到底怎么了啊？
我还是有些不明白出了什么问题。
一点都不齐，这是人盖被子，还是被子盖人啊！？

我知道了。
我会给您再买一床小的，所以……
今天您先这样睡吧。
爸爸好像一到晚上，状态就变得尤为糟糕呢……
对啊。
哈啊—
天黑了确实容易变得更敏感一些。
呼—
为什么呢？是环境越昏暗，人越容易感到不安吗？
那个药真的有效就好了……

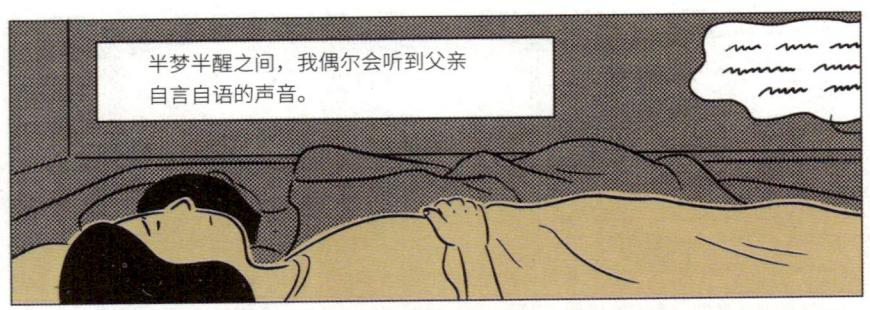

半梦半醒之间,我偶尔会听到父亲自言自语的声音。

当夜幕降临,父亲好像迷失在这片漆黑里,在他的世界里仿佛没有月亮和星星。

7. 稻草人

72

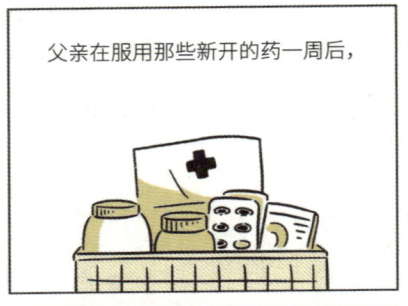

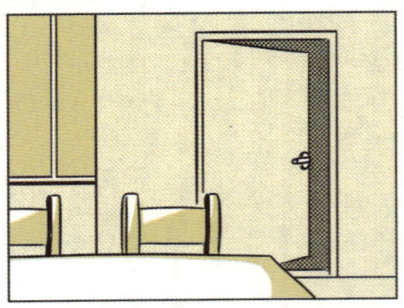

7点了。
转头
父亲的精神已经分不清是早上还是晚上了……
是早上吗？还是晚上7点啊？
晚上7点。
咱们该吃晚饭了。
有没有吃过饭了。
我没吃饭吗？
两眼无神，
愣 愣
吭 哧
四肢也没有力气。
摇摇—
晃晃—
走路踉踉跄跄。

因为父亲平稳的状态，
起初一两天我们很放松，
但看着像是泄了气的皮球一样无精打采的父亲，
又开始很心疼。
叮铃
咣啷
感觉药效……，
对爸爸来说太大了。
嗯，最近他都无精打采的。
白天也一直在睡觉……
要不问一下医生？
嗯，我来打个电话。

第二天，

我是李凤燮患者的家属。

说是先停掉里面那个最小的圆药片。

我在电话里向医生说明了父亲的现状。

先试试看吧。

嗯，也只能这样了……

好的。

姐姐

喂～

是给医院打电话了吗？

嗯。

医生怎么说？

76

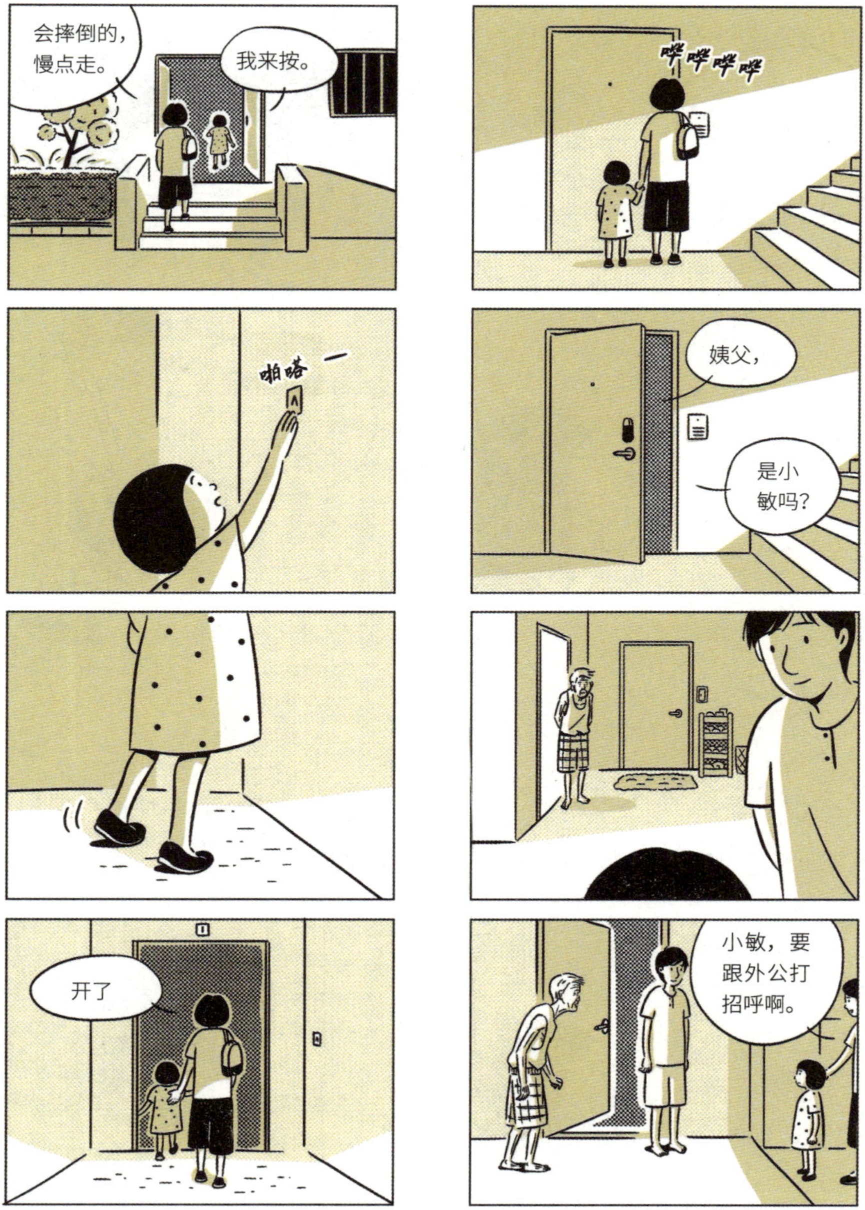
会摔倒的，
慢点走。
我来按。
哔哔哔哔
啪嗒—
姨父，
是小
敏吗？
开了
小敏，要
跟外公打
招呼啊。

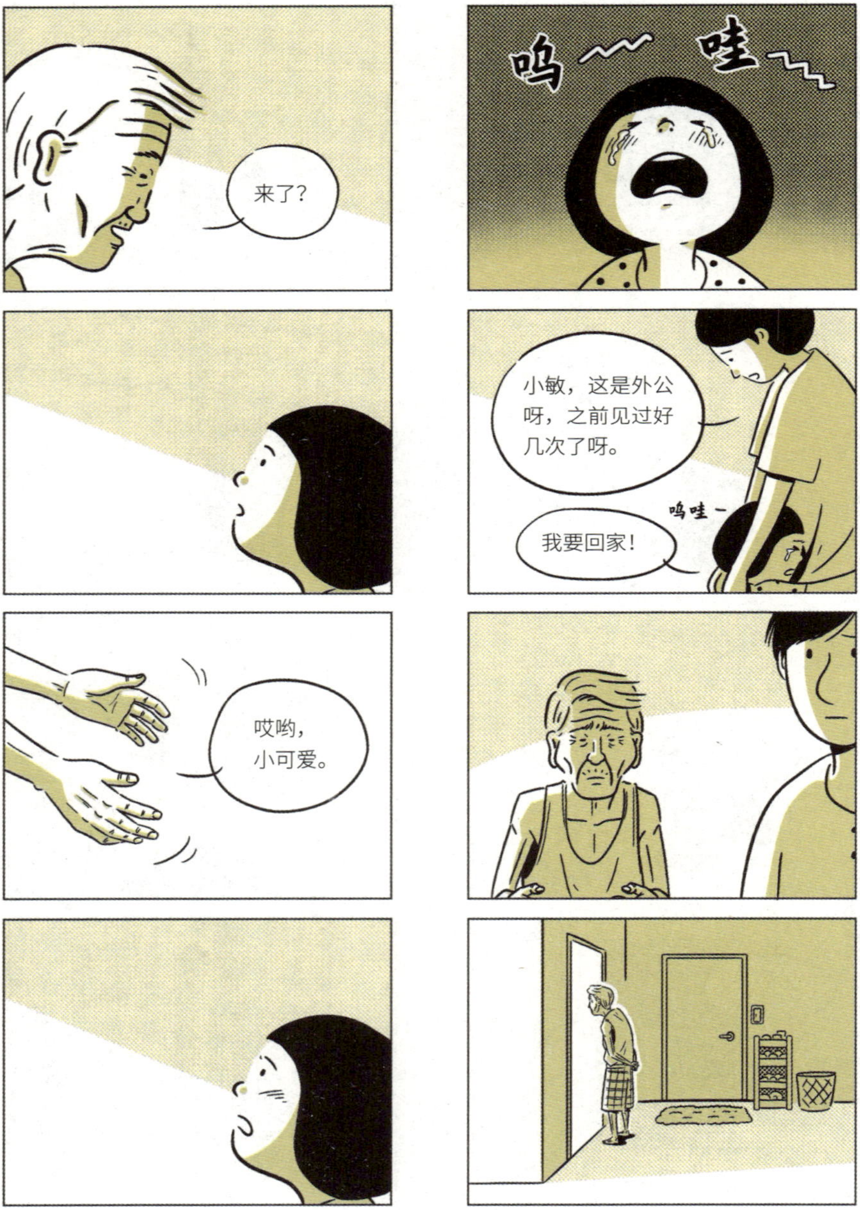
来了？
哎哟，
小可爱。
呜~ 哇~
小敏，这是外公呀，之前见过好几次了呀。
呜哇—
我要回家！

小敏……
刚刚为什么哭呢？
你害怕外公吗？
嗯……
小敏，外公不吓人的。
外公最近身体不舒服……才这样子的。
外公那么喜欢小敏。
小敏，你有爸爸对吧？喜欢爸爸吗？
嗯，喜欢！
外公是姨妈的爸爸，
也是你妈妈的爸爸。
姨妈呢，希望小敏也可以喜欢外公……
可以吗？
…
小敏低着头，一句话也没说。
突然眼泪就打湿了我的眼眶。

小敏,拜拜。

谢谢,回去小心点。

我走了。

喳 喳 喳

小敏啊,外公……以前也是一个很好的爸爸呢。

8 了解老年性痴呆症

停掉那个药之后，
又过了四天。
爸，您怎么不吃这个啊？这个是用苏子油煎的橡子凉粉。
爸爸不是挑食的人啊……
但他只想吃又甜又香的东西呢……
父亲的精气神儿渐渐变好了起来，
听说吃橡子对身体好呢。
我们，要不换个医院看看？
也不知道到底是抑郁症还是老年性痴呆症，总不能一直让爸爸吃药吧……
含着烦躁和不满的声音又出现了。
味道难吃，不想吃！
行，那就换一个看看吧。
一定会有更好的医院的。

叮—咚—

快递!

荣宇检索了一些有关老年性痴呆症检查,以及专门治疗老年性痴呆症的医院的信息。

老年性痴呆症专科医院

谢谢。

我找了一些关于老年性痴呆症的书籍、纪录片、电视节目等。

老年性痴呆症图书

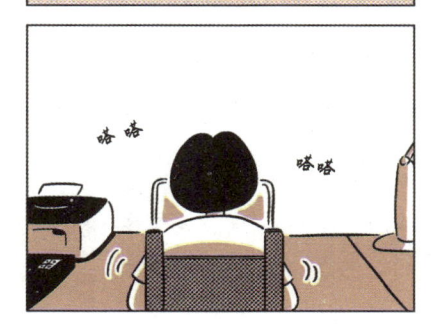

好像是我买的书到了。

如果爸爸真有老年性痴呆，可能不是这种“美丽的老年性痴呆症”呢。
嗯……
好像并不是所有的老年性痴呆症患者都具有攻击性呐。
书上说也有那种“美丽的老年性痴呆症”呢。
那本书的作者是×××吗？
对。
嗒哒
患上“美丽的老年性痴呆症”的老人只会在记忆力和认知能力方面有所退化，但是性格方面好像不会有太大的问题。
网上说这位是我们国家治疗老年性痴呆症最厉害的医生呢。
是吗？
说是由前脑的损坏程度决定的呢。
啊，这样啊……
能到他那边做个检查就好了。
我来查查。

找到那位医生的所在医院，随后拨通了这家医院的电话。

那个……我们想拜托×××医生给家里人做一下关于老年性痴呆症方面的检查，可以吗？

看了书，感觉家属的作用也很重要啊。

整个检查费用大约需要 100 万韩元。如果家属觉得没有问题的话，我会帮您预约的。

好好了解一下，然后尽力为岳父做些什么吧。

嗯。

虽然费用方面有些吃力，但我还是同意了。

好的。麻烦您帮我们预约一下。

谢谢你，荣宇。

本来半年后才轮得到我们，但刚好有个人取消了预约，所以我们被排到了 3 周之后。

我预约完了。

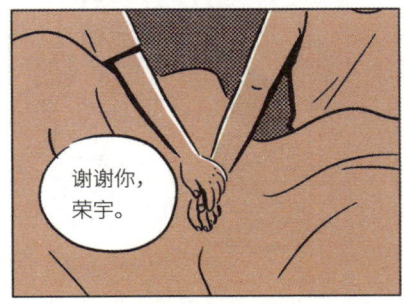

这种充满希望的心情，真是久违了。

85

我拿出高考时候的心态，决定不再只是无谓的哭泣！
天气好的时候，
爸，
要不要出去吹吹风啊？
爸。
咚
咚
一起散步。
您来和我一起做手部操吧。
什么操？
下雨的时候，
呼 —
一、二、三、四……
不要勉强自己，您累的话就下来吧。
劝父亲骑室内自行车锻炼身体。

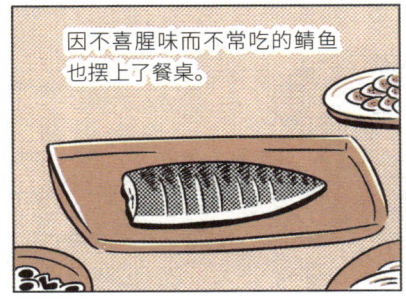

您尝一尝这个。

我们一般不会去外面吃饭，

我们今晚出去吃饭吧？

行。

给父亲准备一些可以预防老年性痴呆的豆类饮料和水果作为零食，

但去外面吃饭好像可以让父亲不那么无聊。

爸，今晚咱们去外面吃吧。好久没去了。

呜嗡

嗞嗞

夏末，晚上……

因不喜腥味而不常吃的鲭鱼也摆上了餐桌。

天气十分凉快。

醋鸡米线
醋鸡米线
老板，祝您生意兴隆哦！
呼噜噜
爸，您要是吃饱了，就不要继续吃了。
嚼
嚼
嗯，今天晚上吃饭花了多少钱啊？
呼噜
噜
叮！6楼到了。
7千韩元。

就这点米线卖 7 千块？
哔哔
哔哔
您当时吃得好好的，现在又是闹哪出啊！
这叫一顿饭？哎哟。
我拼命忍着，不让自己说出这句话。
这样做生意不会长久的！
是啊，那么贵又不怎么好吃。
再也不要去了！
呼——

胜雅啊，
你好棒哦！
赞
你怎么做到这么淡定的呢？
噗
我不是最近也做了一些功课嘛。
要做出一些改变才行啊。
哈哈哈
你做得很好！
就这样继续坚持下去，
会慢慢好起来的吧……

9、石子

这周末去一趟吧。
顺便也见见朋友什么的。
你是不是要去看望一下婆婆了？
那样也行……但你一个人可以吗？
我担心岳父又会在晚上走来走去的……
有一个多月没见了呢。
我现在已经差不多习惯了。没关系的。
是啊……搬家之后一次都没去过呢。
真的。我感觉现在……好像真的有些习惯了。

咱们家附近没有银行呢。

想去的话,要开车才行。

这附近哪里有银行?

明天荣宇要去首尔,可以顺便开车送您过去一趟。

您问这个干吗?有什么事情吗?

想去查一下流水。

好,行吧。

只是查询一下交易记录吗?

嗯,想去看一看。

93

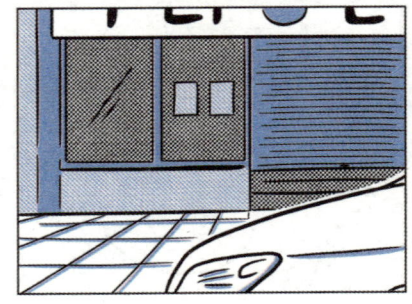

第二天，

没落下什么东西吧？

嗯。

到时候太晚的话，就在首尔多留宿一晚吧。

不用，一晚上足够了。

我明天吃完午饭出发，太阳落山之前就会赶回来的。

有事马上联系我。

好。

我们前往银行。

喵喵喵…

银行是不是关着门啊?
因为是周末，所以银行并没有上班，但是可以用自助机器。
您在车里等一会儿，我查完了马上就回来。
好了。

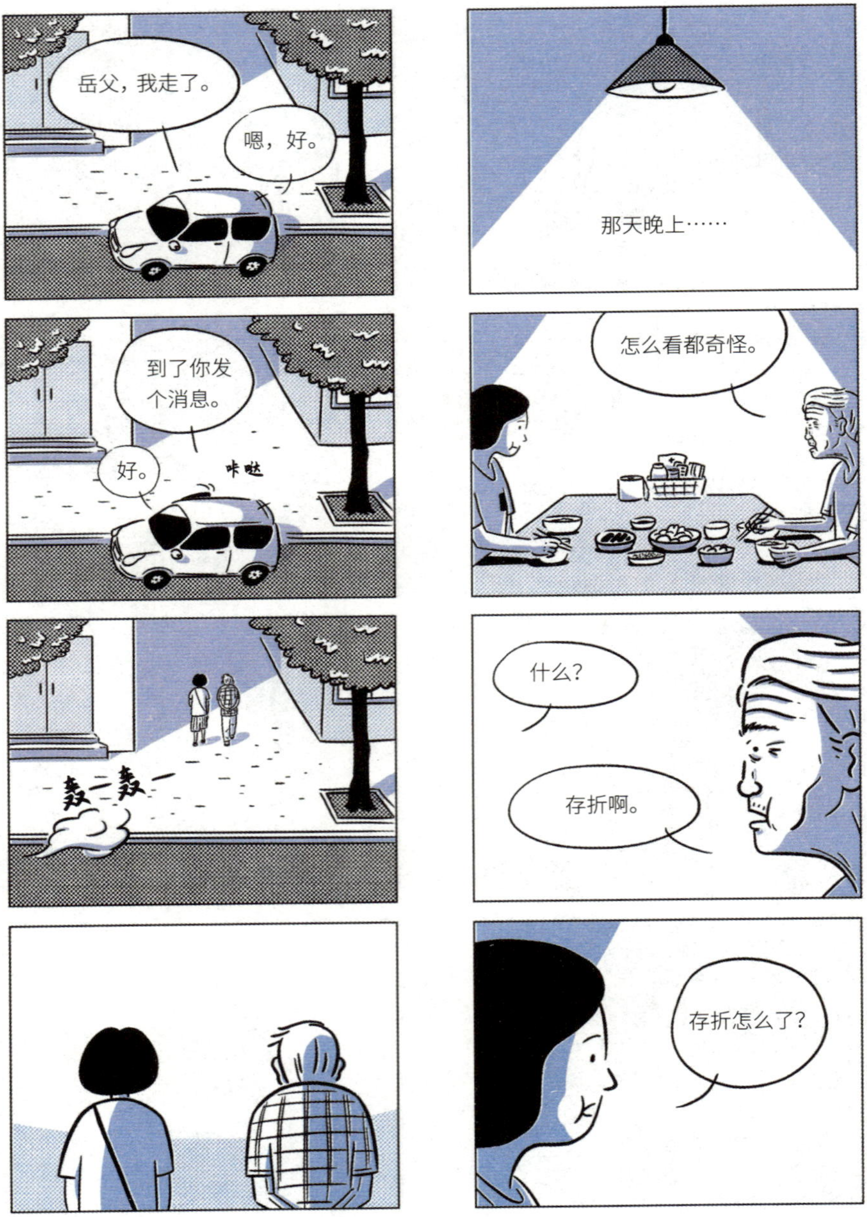
岳父，我走了。
嗯，好。
到了你发个消息。
好。
咔哒
轰—轰—
那天晚上……
怎么看都奇怪。
什么？
存折啊。
存折怎么了？

吃完饭你看一看。
给我存折看看。
每个月的国家补助好像不太对。
有不好的预感。
完了，我不懂到底出了什么问题。
嚼
嚼
爸，没有问题的。养老金都到账了。您别担心了。

什么没问题！
您现在明白了吗？
这里没有写着我的名字！
储蓄存折
嗖
爸，您先冷静，听我说。
储蓄存折
啪！
你真的是……
我一个字、一个字地向父亲说明了情况。
你这是在逗我？你以为这样我就会上当吗？！

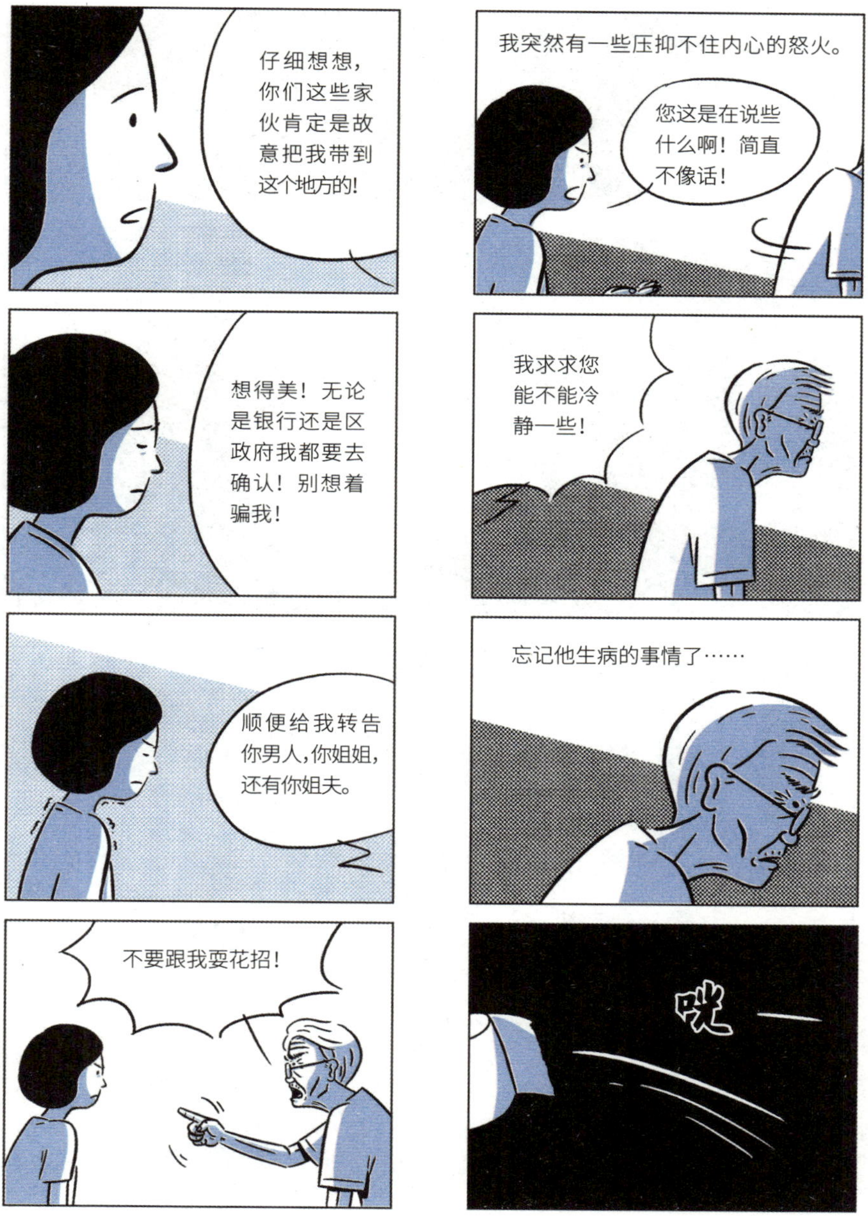
仔细想想，你们这些家伙肯定是故意把我带到这个地方的！
我突然有一些压抑不住内心的怒火。
您这是在说些什么啊！简直不像话！
想得美！无论是银行还是区政府我都要去确认！别想着骗我！
我求求您能不能冷静一些！
顺便给我转告你男人，你姐姐，还有你姐夫。
忘记他生病的事情了……
不要跟我耍花招！
咣

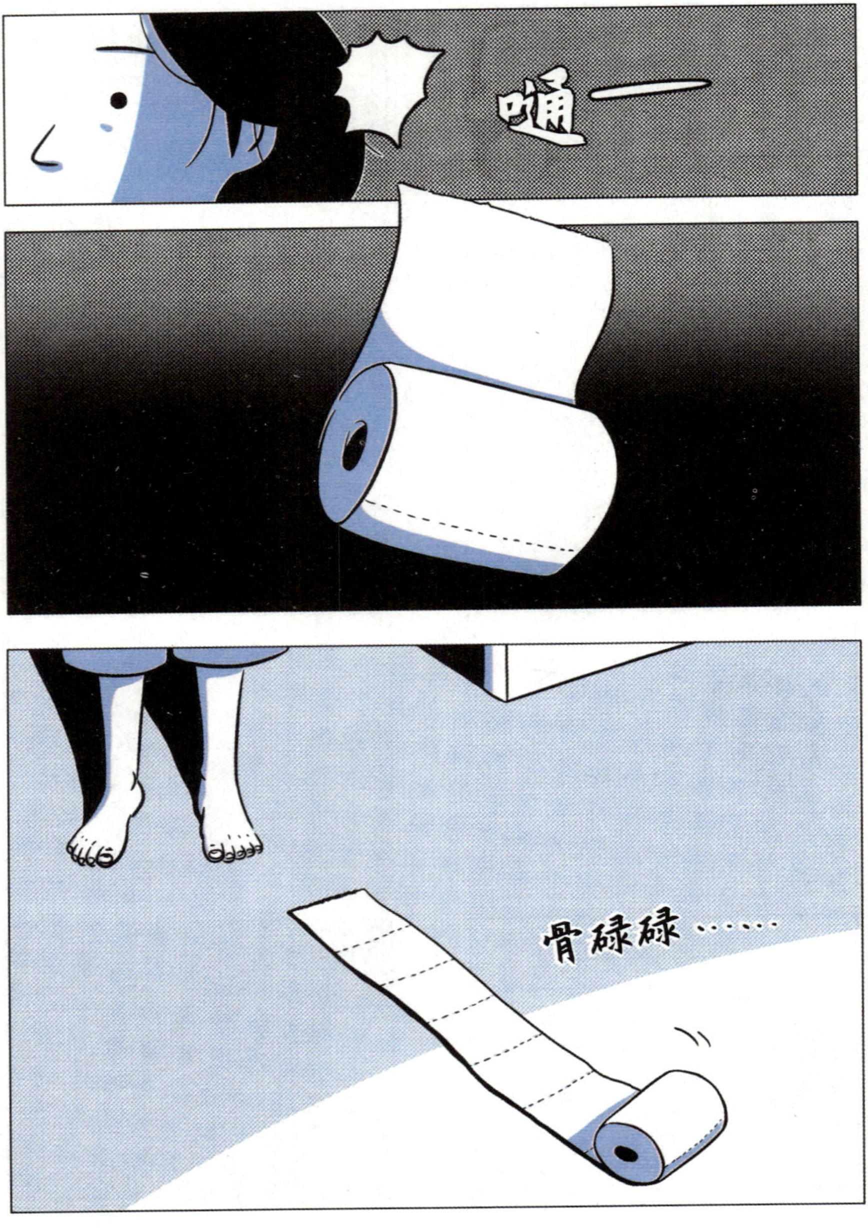
嗵——
骨碌碌……

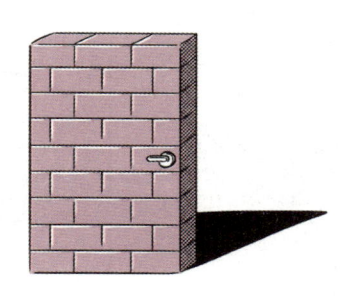

10. 墙壁

我是怎么一点一点把你养到现在的？！
骂都没骂过，打都没打过！
你上高中的时候，我每天晚上都会去接你放学！
我……一想到这些……
都忍不住想哭……
我辛苦把你养大……嗯？！
你就是这样对我的？！
我简直养了个白眼狼啊！

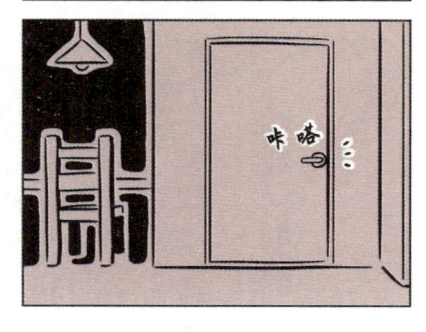

这是第一次，

父亲朝我扔东西……

然后，这也是第一次，
父亲在我面前哭泣……

哽咽…

咔嗒

我下车了。
嗯。
你爸，难道今天也来接你吗？
胜雅，你爸来了！
我就说嘛，我说对了吧？
我就投“是”一票！
但雨下得这么厉害呢？
胜雅，你爸爸每次都来接你呢。
这倒也是……
嘎—吱
拜拜！
明天见。

嘟嘟嘟……
呜嗡——
不饿吗？
嗯，买面包吃了。
我都有伞，您还出来干吗？
如果饿了就说，零用钱不够的话马上告诉我。不用等到我给你。
我现在还有好多呢。
那个给我，
用这个吧。
哗——啊——

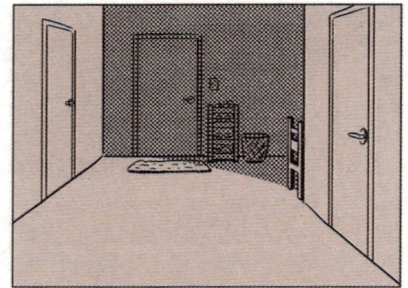

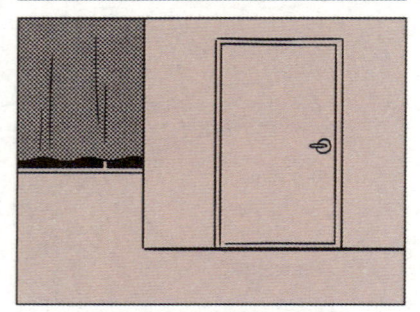

是的。

父亲总在我身边。

虽然有时候我会感到有压力,也会感到很惭愧。

但他是一个很好的父亲,我很感谢他。

哭了一会儿，冷静下来之后我突然开始害怕。

咔哒

甚至连房门都锁好了，

这才躺下。

将尖锐的东西收了起来，

嗖—

叮000

拧紧了煤气阀门。

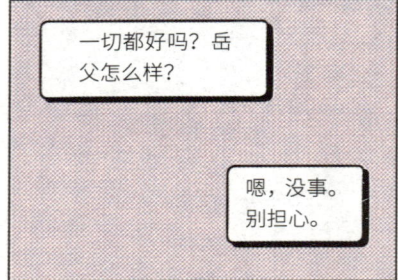

	爱你哦♥ ^^。 我也爱你♥。
一切都好吗?岳父怎么样? 嗯,没事。别担心。	
婆婆呢?一切都好吧? 嗯,过得挺好的。 那太好了!	翻身
我要睡觉了。 比较早欤? 晚安,锁好门。 嗯,你也晚安。	呜呜呜…

109

背好痛。

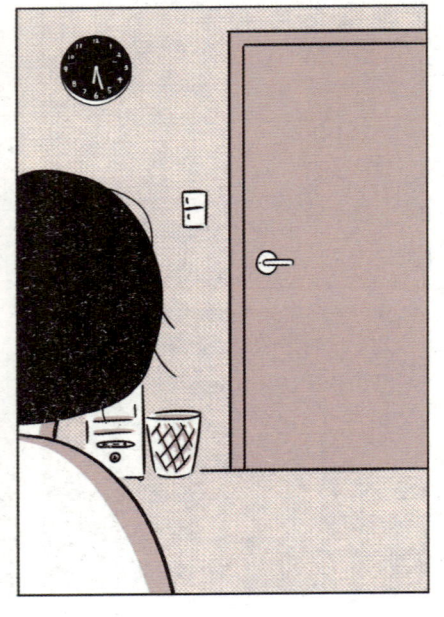

额啊啊～

但我又不敢走出这扇门……

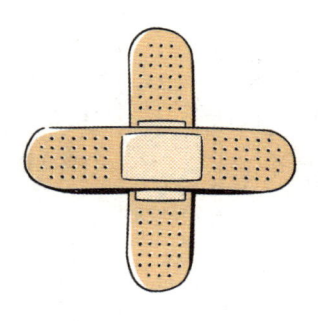

11. 不要生病

我在心里苦涩地想着……

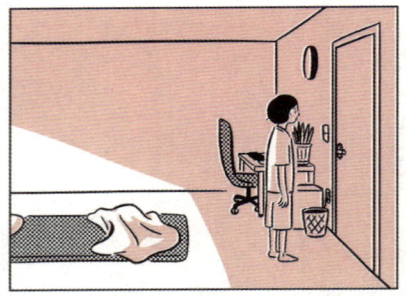

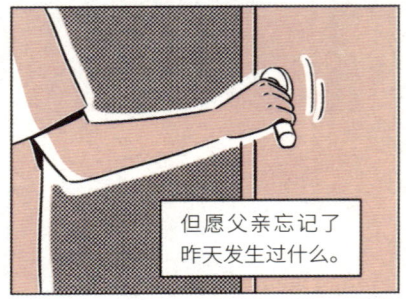

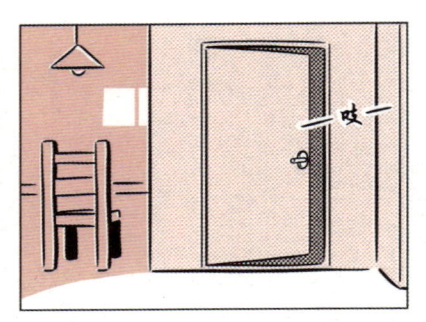

但愿父亲忘记了昨天发生过什么。

唰一啊一

不知道从什么时候开始，父亲一直坐在那里……

看着自己的存折。

我继续回房间补觉。

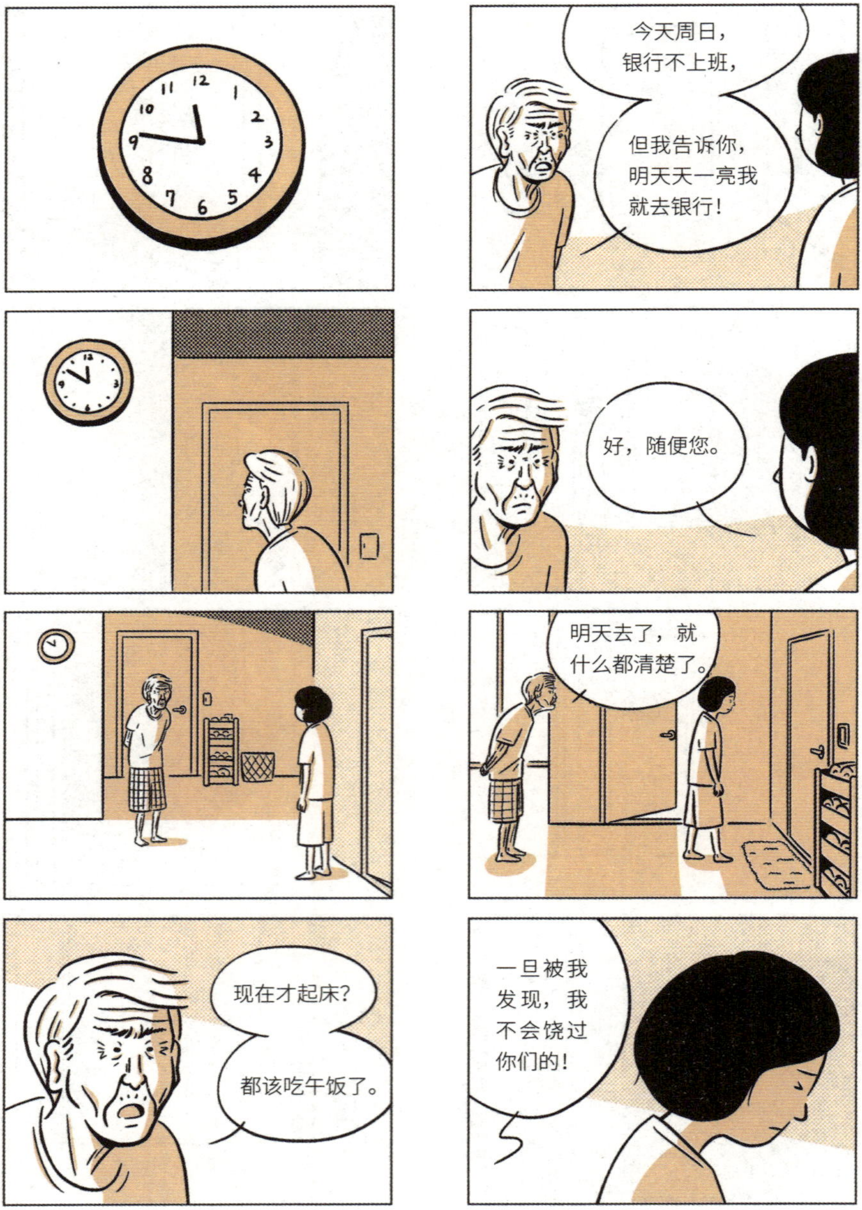

12
11
1
10
2
9
3
8
4
7
5
6
现在才起床？
都该吃午饭了。
今天周日，
银行不上班，
但我告诉你，
明天天一亮我
就去银行！
好，随便您。
明天去了，就
什么都清楚了。
一旦被我
发现，我
不会饶过
你们的！

嗡—
嗡—
抽泣—
姐姐的电话。
喂。
哗啦
哗啦
在家吗？我烤了些肉，待会儿给你拿过去些。
不用来了……我明天过去拿吧。
怎么了？
我把昨天晚上发生的事情告诉了姐姐。

你早说啊，干吗一个人承担呀。
哗哩哩—
爸爸可能真的有老年性痴呆症……
回来了？
嗯。
几号去检查呢？
两周后。
没有堵车吗？
还行。
话说……不仅你，荣宇也会压力很大……
我知道……
岳父呢？在睡觉吗？

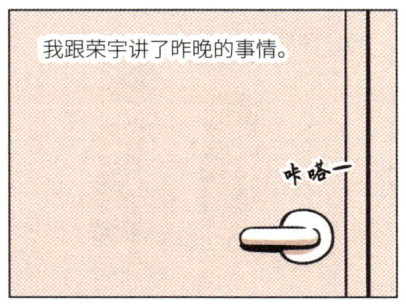

爸爸他……状态……有些不是很好。

发生什么事情了吗?

岳父,

我跟荣宇讲了昨晚的事情。

我回来了!

怎么昨晚没说呢?

您休息。

大晚上的，你又不能赶回来……
告诉你也只会让你干着急……
你一个人这样子，我更难过。
对不起……
辛苦了！
荣宇，
你给我贴个膏药吧。
膏药？
我后背有些痛……

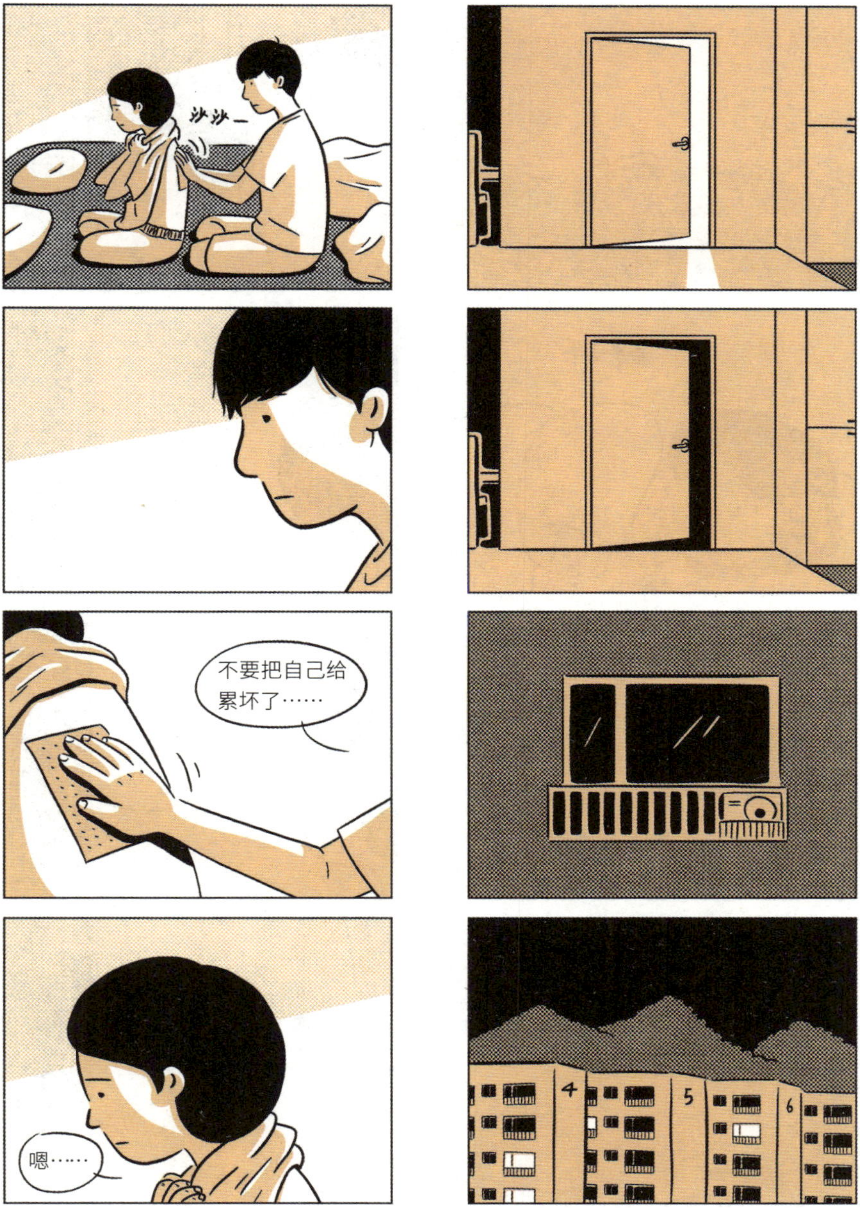
沙沙—
不要把自己给
累坏了……
嗯……
4
5
6

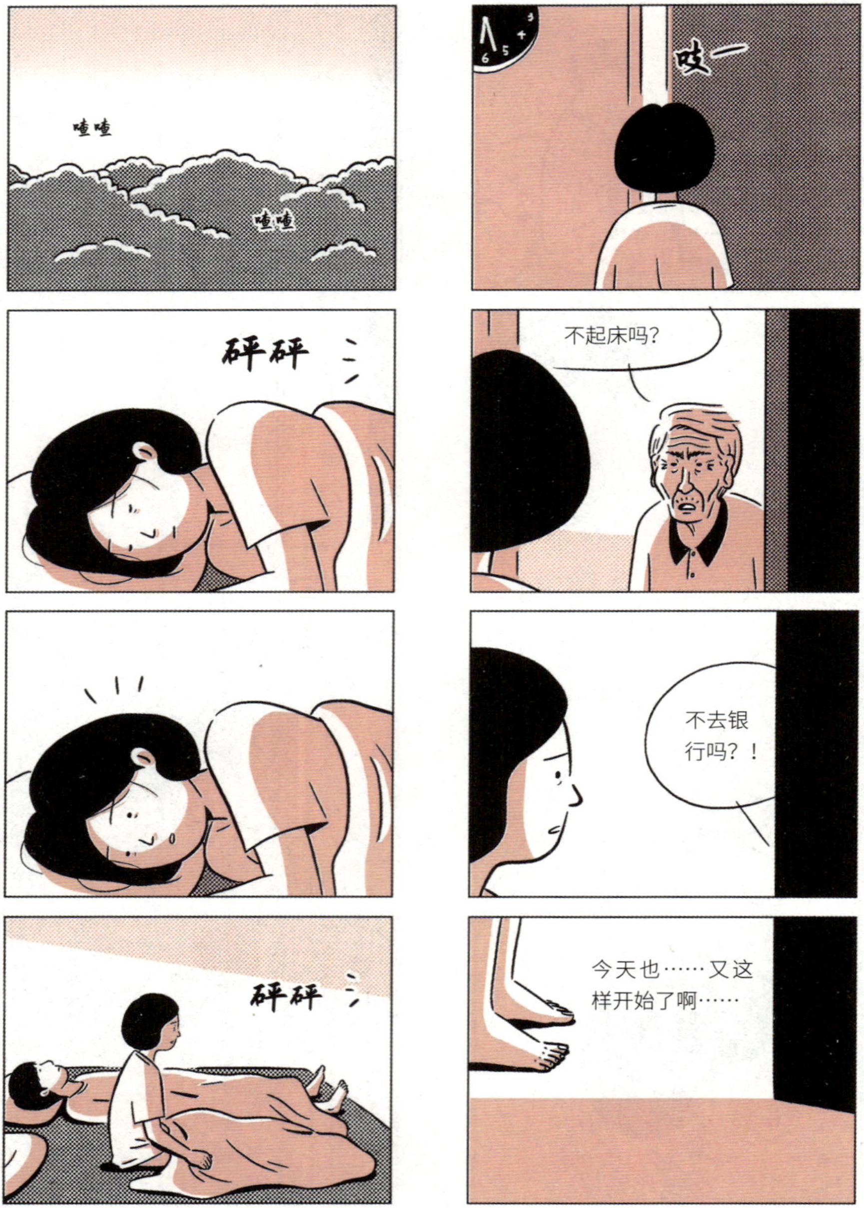
喳喳
喳喳
吱—
砰砰
不起床吗？
不去银行吗？！
砰砰
今天也……又这样开始了啊……

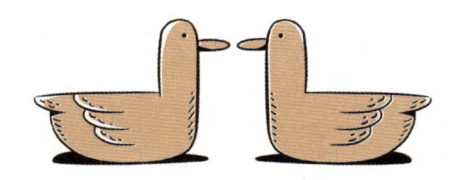

12. 我们为什么能够坚持下来

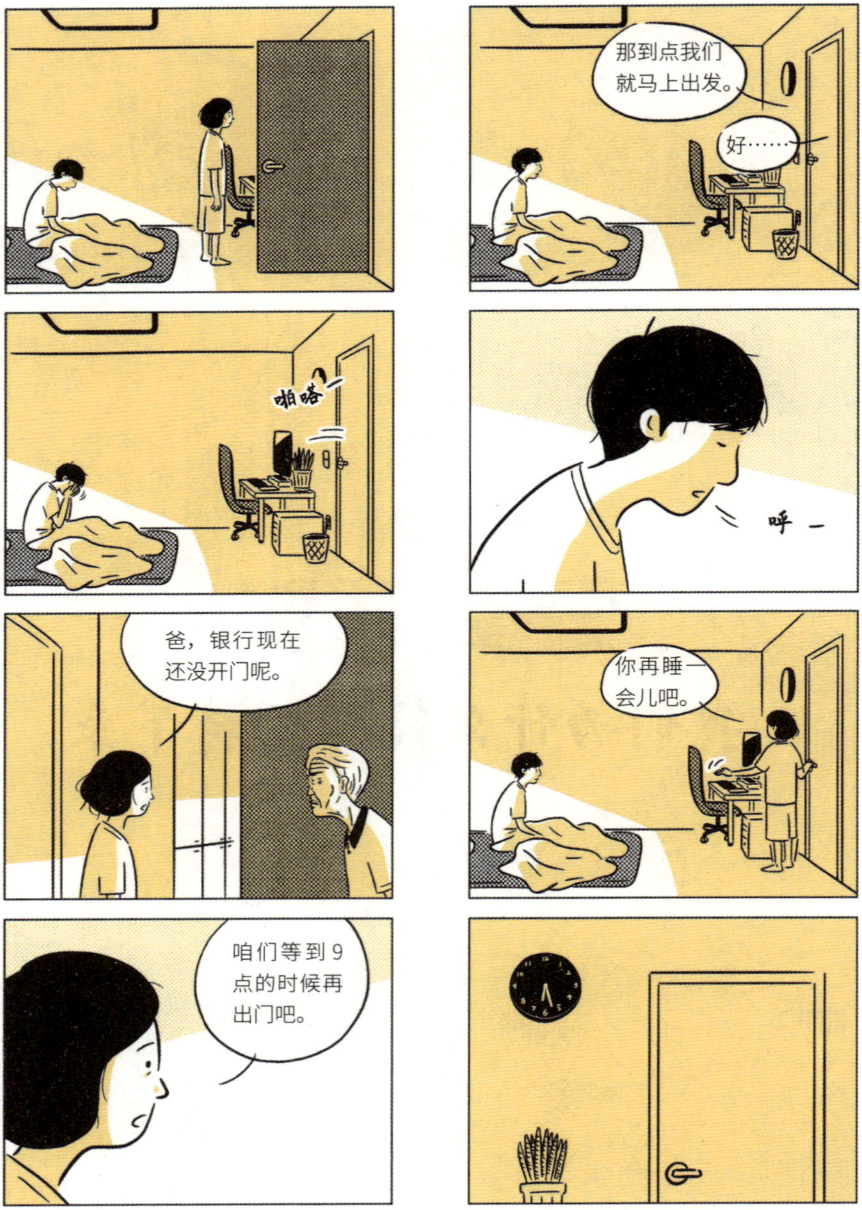

那到点我们
就马上出发。
好……
啪嗒
呼
爸，银行现在
还没开门呢。
你再睡一
会儿吧。
咱们等到9
点的时候再
出门吧。

哎哟—

提前出发吧。反正路上也会耗费一些时间。

嗯……

从某一刻开始,父亲……

岳父已经早早出来等着了呢……

变得有些急躁。看着他焦虑的样子,我也跟着焦虑起来。

咔哒—

哗哩哩—

呜嗡—

你先在车里。我们马上回来。

嗯,好。

因为父亲并不信任我们,

所以我刻意跟父亲保持了一定的距离。

您好,请问有什么我可以帮您的吗?

我跟窗口员工四目相对时,我小声地说:

不好意思，我父亲患有老年性痴呆症。
先生，我给您仔细地确认了一下。您的账户没有出现什么问题呢。
啊?!
您不用担心。
啊……
这个，我的存折好像有问题。
好的，我来帮您看一下。
哎呀，谢谢啦。
我还有什么可以帮到您的吗?
我搬到这里后，国家的补贴记录内没有我的姓名。
好的，我知道了。
那，我可以取钱吗?
当然可以。您想取出多少钱呢?

给我取10万韩元。 好的。	我感到有些无力。
因为银行职员这一句话，父亲一下子就打消了心中的疑虑。	再见，您慢走。
我想起了昨天的事。 真是谢谢你啊。	
对父亲来说，我现在的可信度可能还比不上这位初次见面的银行职员吧……	呜呜 嗒！

咱们去个好点的餐厅吃一顿吧。我出钱。

现在离午饭时间还早着呢，下次吧。

还好岳父相信银行工作人员的话。

对啊……

父亲的心让人无法捉摸。

一句话就能解释清楚的事，爸又何必这么生气呢……

但是，可能……以后会经常发生这种事情的。

以后，也许会经常如此。

喂，妈。
听说你爸又说了一些奇奇怪怪的话。
嗯。
胜雅啊，
让你爸来我这儿吧。
你们要工作，以后还要生孩子什么的……
你爸那样，你们怎么生活？我来照顾他吧。
妈，您说什么呢。您现在也八十多岁了。
照顾自己都很难……
也不一定是老年性痴呆症，再说老年性痴呆症也分好几个等级的。
您就别担心我们了，先好好照顾自己。

虽然你也
很辛苦……
但是荣宇夹在
中间应该也挺
难做的……
你爸爸对你那么
好……你照顾他
是应该的，但是
荣宇会很累的。
好，我知道
了……
好好对荣宇。
知道
了……
荣宇，因为爸
爸你很累吧。
会比你更累吗？不要担心。
妈妈和姐姐好像对你有些愧疚，
很担心你。

我从爸爸那里得到了很多的父爱，所以能咬牙坚持下去……
但是你……应该更累。
就像你从岳父那里得到了很多爱那样，
我也从岳父那里得到你了呀。
所以我也没关系。
这句话虽然是我自己说的，但还挺帅气的呢！
不会是你从哪里听来的台词吧？
不是～
谢谢你，荣宇。

13. 没关系的

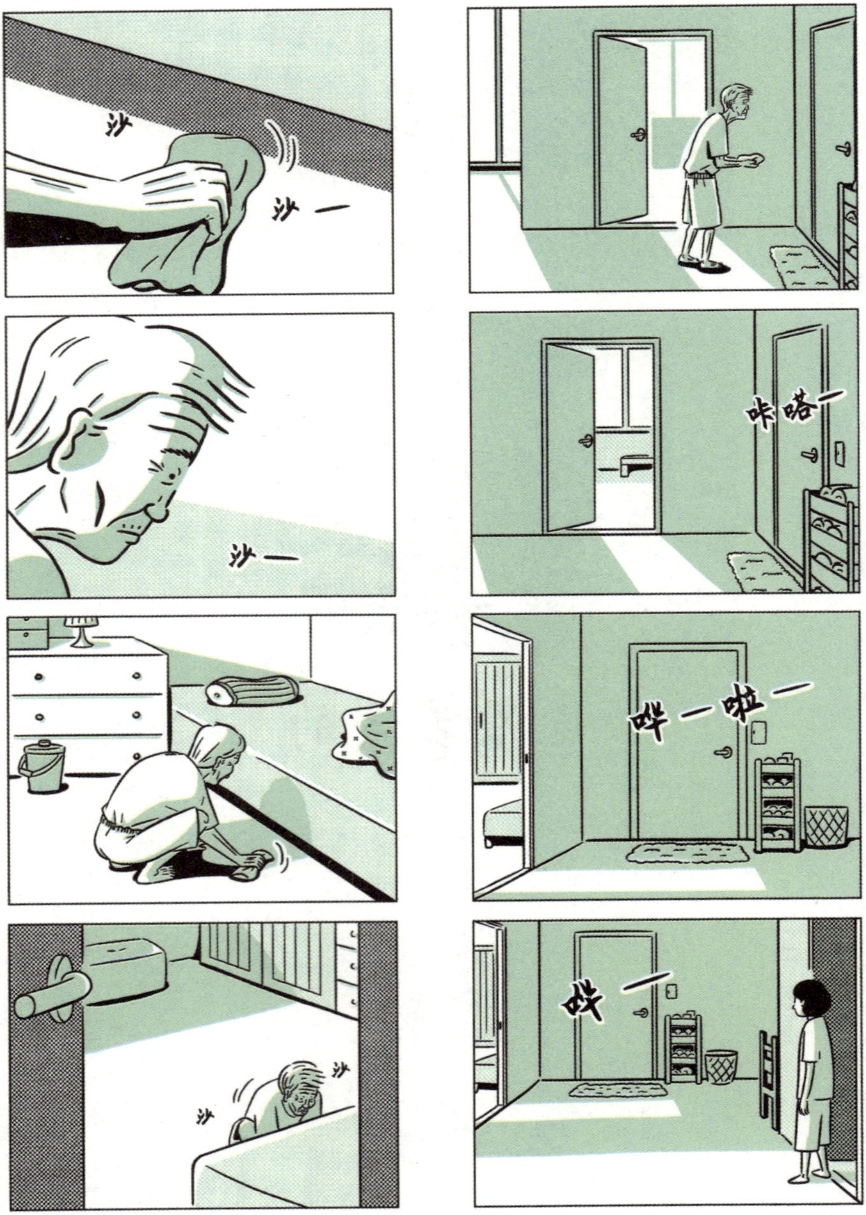
沙
沙一
沙一
沙
沙
咔嗒一
哔一啦一
哔一

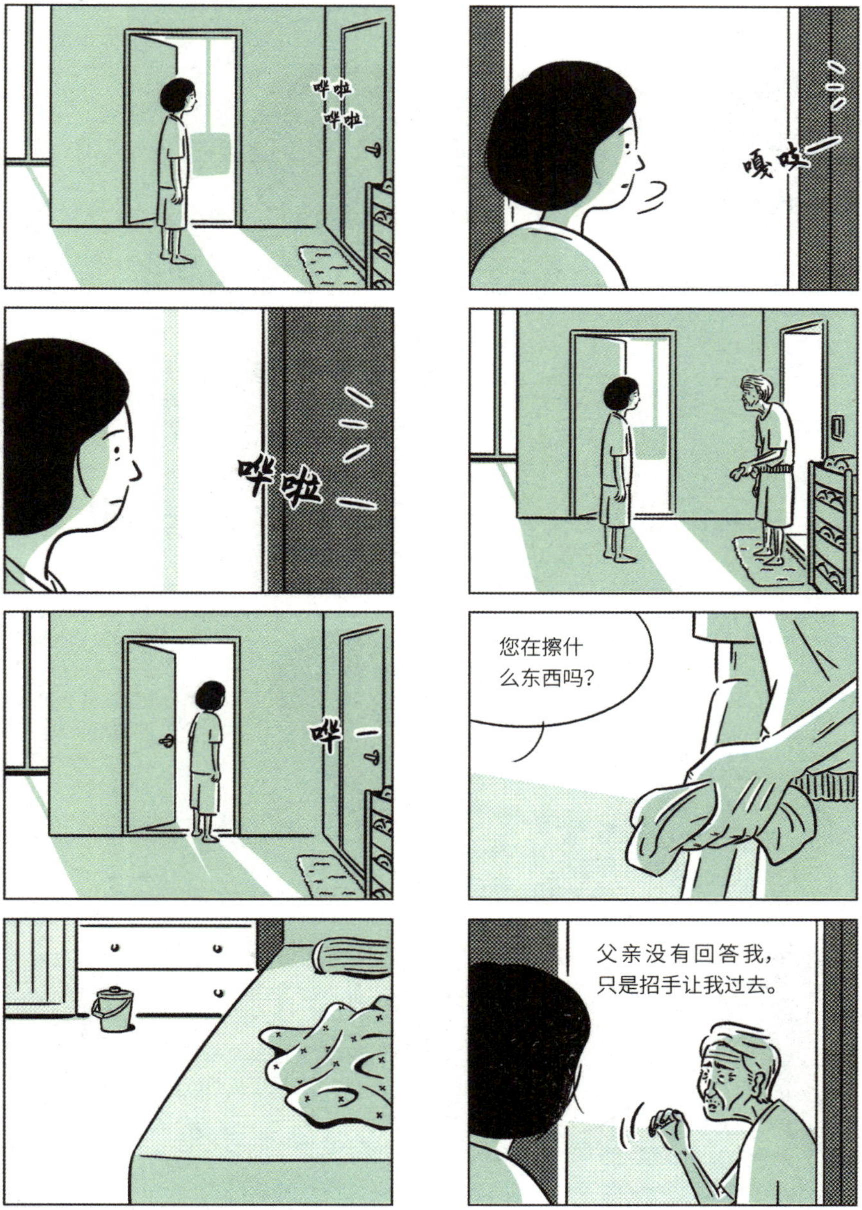
哗啦
哗啦
嘎吱
哗啦
哗
您在擦什么东西吗？
父亲没有回答我，只是招手让我过去。

我……犯了个很……大的错误。
关于今天早上发生的事情，父亲向我解释了半天。
……
……
我今天早上睡醒之后……
突然有些尿急……
让我弄得乱七八糟的，这怎么办啊……
快要憋不住了，我本来想快点起来上厕所的，但最后还是没忍住。
没事的，用洗衣机洗一洗就行。把这些湿哒哒的东西都给我吧。
我一起放到洗衣机里。
就……尿了出来，哗哗地。
今天早餐我不吃了。
犯了这么大的错，哪还有脸吃饭啊……

哎哟，爸，没事的。

这都不是事儿。

虽然父亲也打翻过几次小便桶

呼

做好了香喷喷的饭菜。

人老了都这样。

但尿在床上是第一次。

嗞嗞嗞嗞嗞——

嗞   嗞

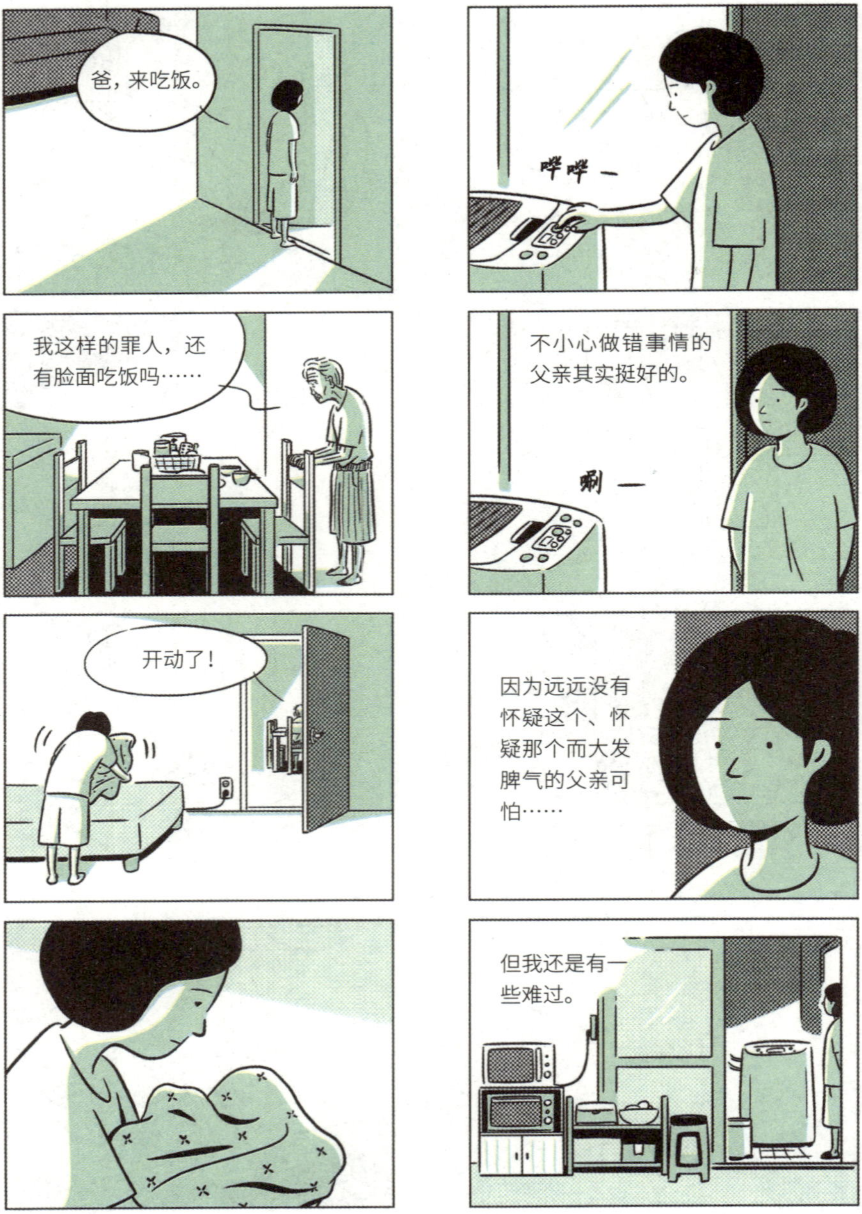
爸，来吃饭。
哔哔—
我这样的罪人，还有脸面吃饭吗……
不小心做错事情的父亲其实挺好的。
唰—
开动了！
因为远远没有怀疑这个、怀疑那个而大发脾气的父亲可怕……
但我还是有一些难过。

都吃了吗？
是的。
哗
啦——
吃得很好。
起床了？
嗯。
丁零
咣当
岳父刚刚好像在用敬语跟我说话哎……
嗯，说话的语气奇奇怪怪的。
我对这样说话的父亲感到陌生而尴尬，但是这样也挺好的。比起骂人时候的样子，父亲这样已经很好了。
丁零
咣当 —

嘀哩哩
哩哩
话说，怎么突然洗了被子？
爸爸不小心尿在被子上了。
还说“自己做错了事情，没脸吃饭”什么的。
啪
啪
我让他安心用餐，他就跟我讲敬语……
岳父可能也是慌了。
嗯，可能是吧。

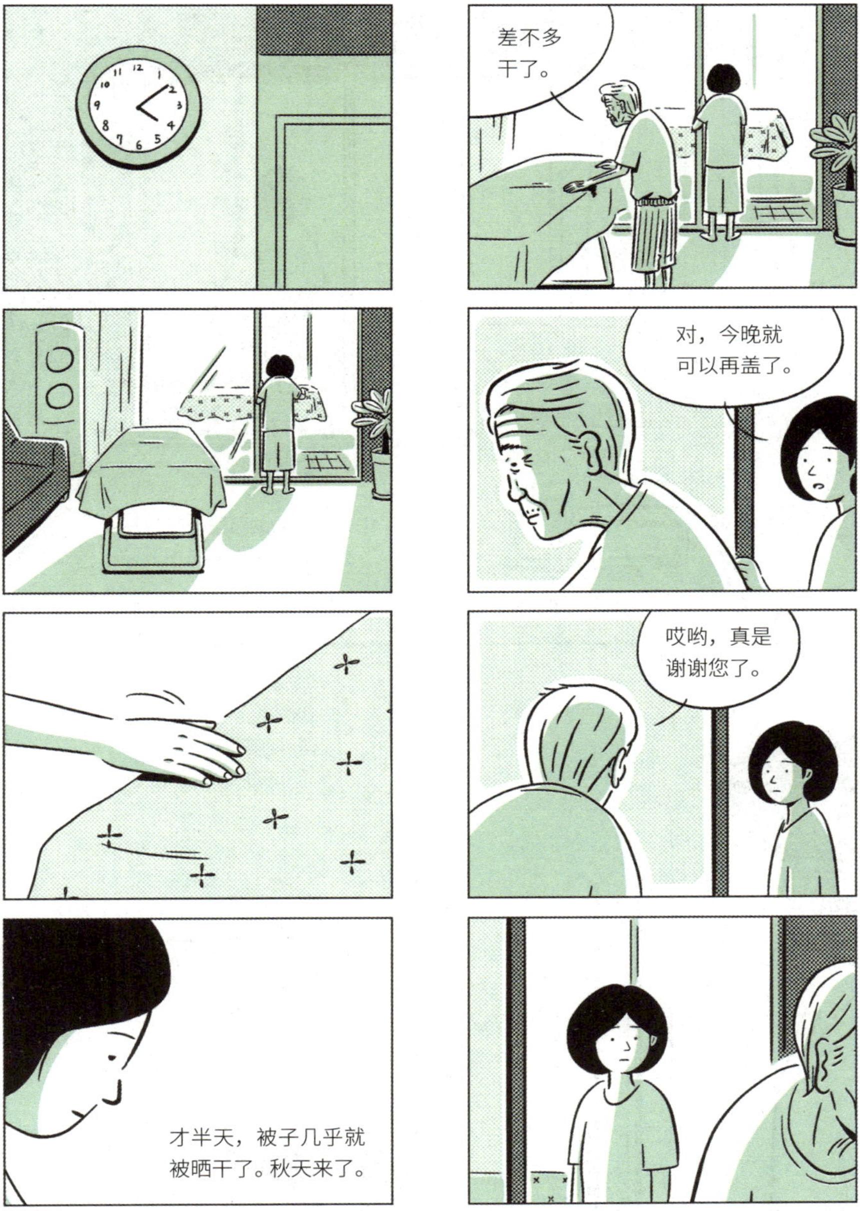
差不多干了。
对，今晚就可以再盖了。
哎哟，真是谢谢您了。
才半天，被子几乎就被晒干了。秋天来了。

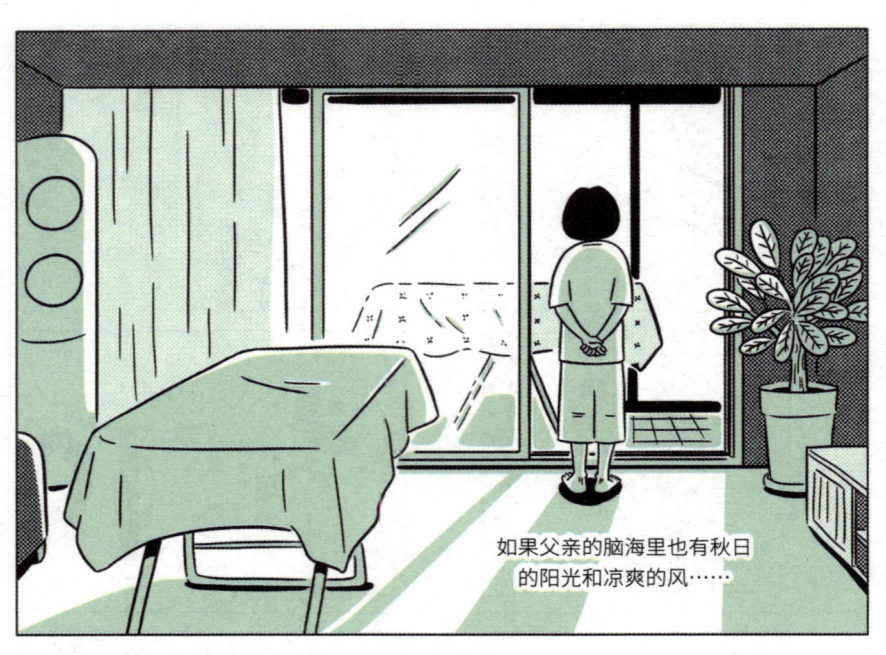

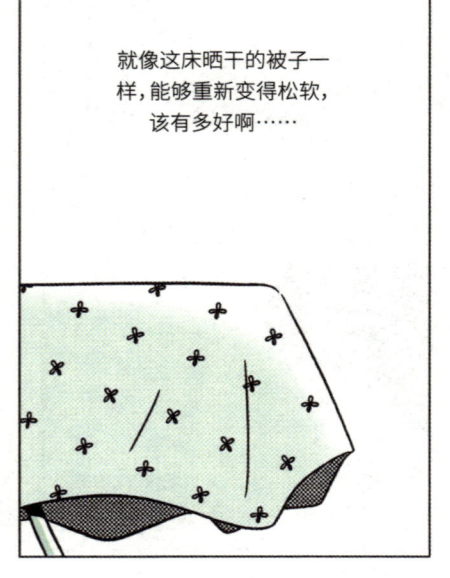

如果父亲的脑海里也有秋日的阳光和凉爽的风……

就像这床晒干的被子一样，能够重新变得松软，该有多好啊……

14. 花瓣

142

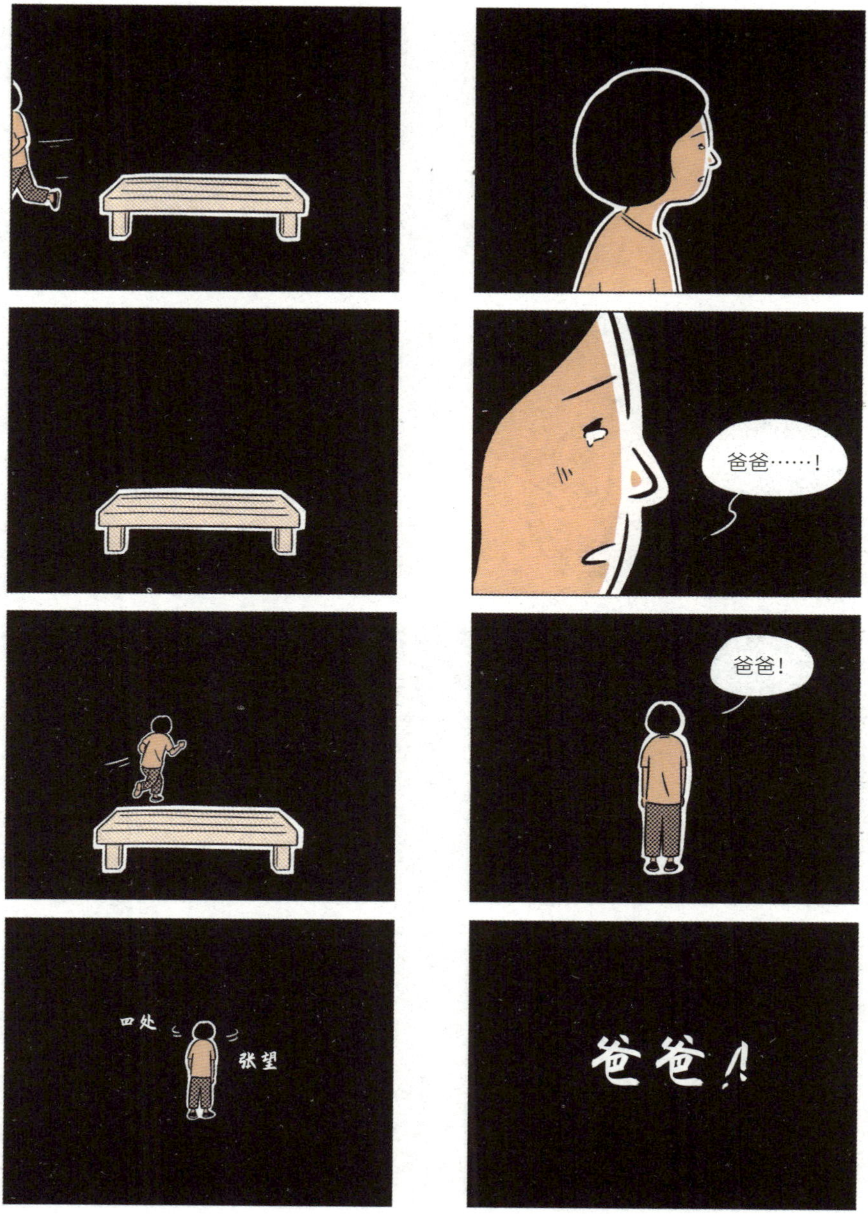
四处
张望
爸爸……!
爸爸!
爸爸!

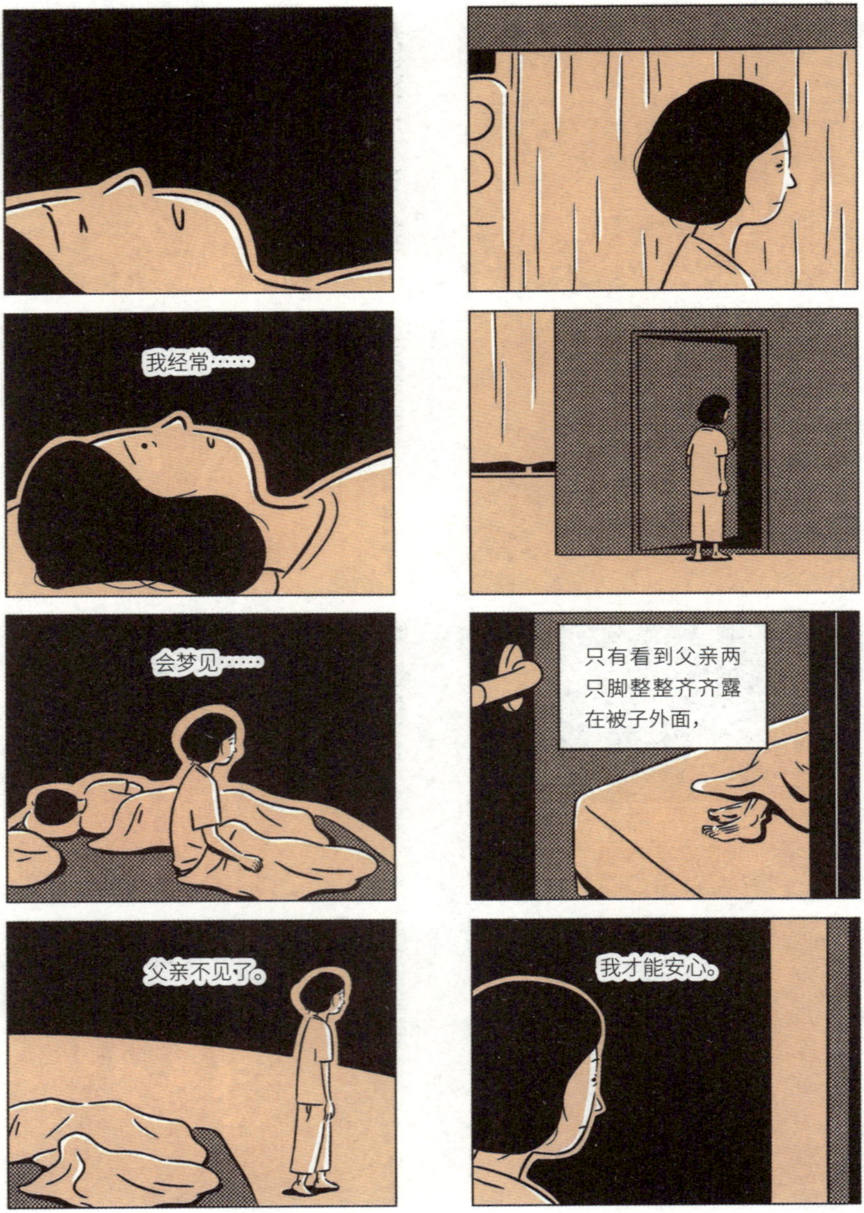
我经常……
会梦见……
父亲不见了。
只有看到父亲两只脚整整齐齐露在被子外面，
我才能安心。

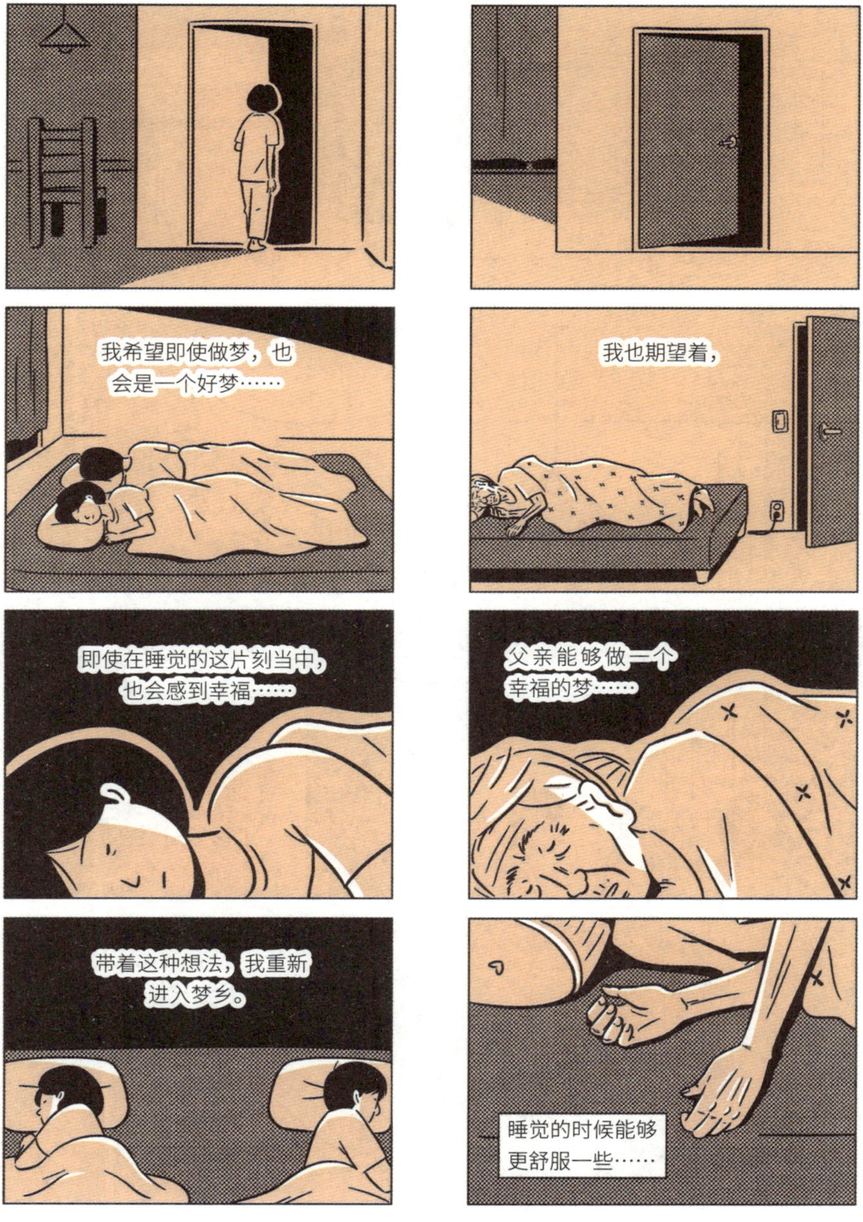
我希望即使做梦，也
会是一个好梦……
我也期望着，
即使在睡觉的这片刻当中，
也会感到幸福……
父亲能够做一个
幸福的梦……
带着这种想法，我重新
进入梦乡。
睡觉的时候能够
更舒服一些……

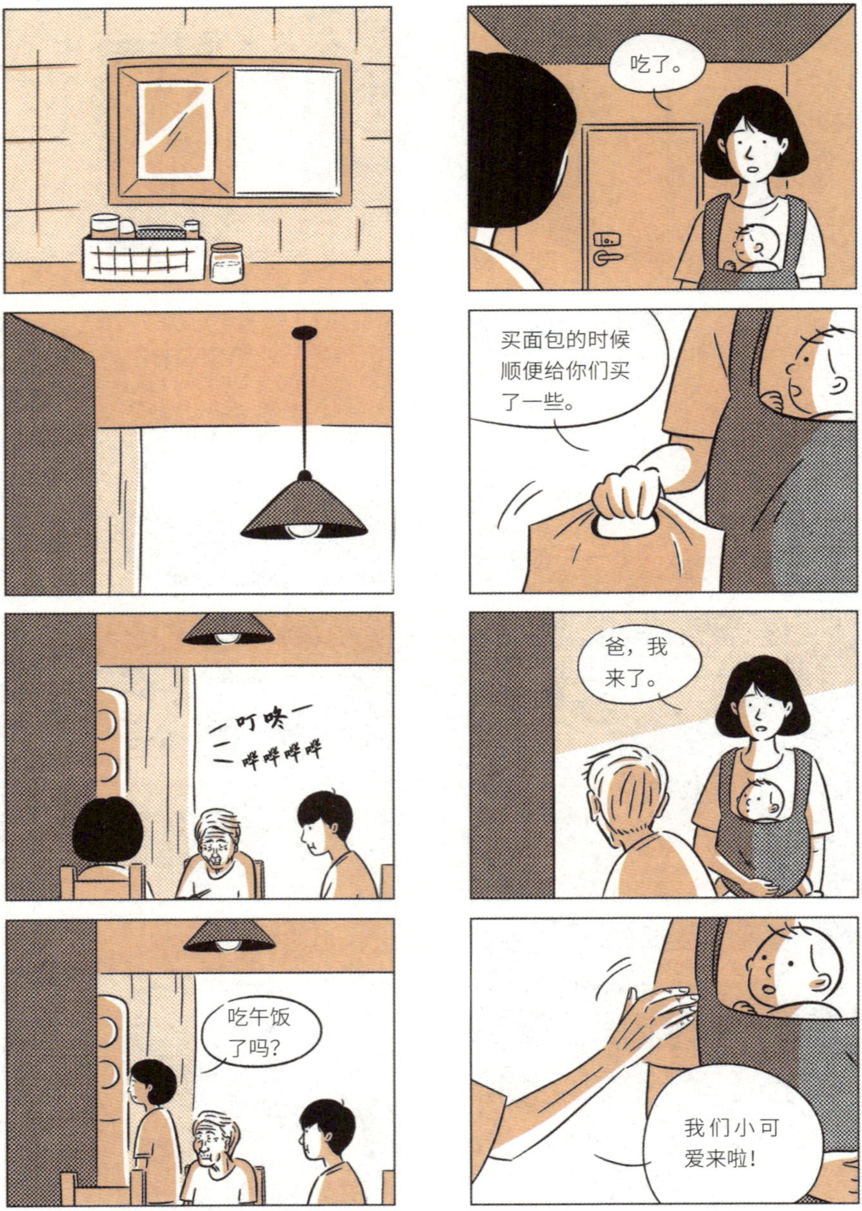
叮咚
哔哔哔哔
吃午饭了吗?
吃了。
买面包的时候顺便给你们买了一些。
爸，我来了。
我们小可爱来啦!

啊哦！
爸爸最近怎么样？
从银行回来之后好像不猜疑了。
但是，几天前有过尿床的事情。
真的？怎么办？
因为这是第一次……
经常这样的话该买个尿布吧。
嗨呀！

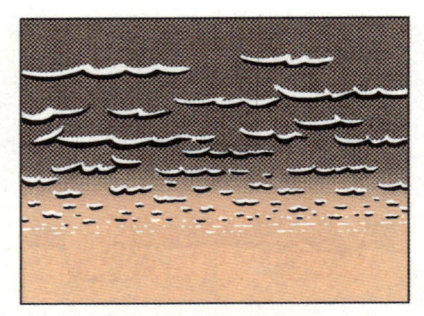

天阴得这么厉害啊!

我们走吧。

滴嗒嗒嗒——

爸,我们回去了。

夏敏,拜拜!

那天晚上,开始下雨了。

父亲的脸色不太好。

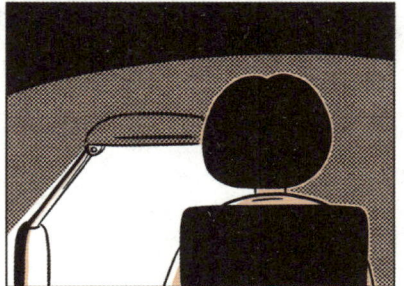

天越黑，父亲的脸色就凝重。

在路灯下，在暴雨中，也曾如参天大树一样屹然挺立的父亲，

已经成为在细雨中无力散落在地的花瓣了。

15. 心灵的重量

本来到9点就会上床睡觉的父亲……
咚咚
您哪儿不舒服吗？
怎么还不睡呢？
睡不着。
我有些不明白～
什么？
你们为什么还不生小孩呢？
突然有些不安……

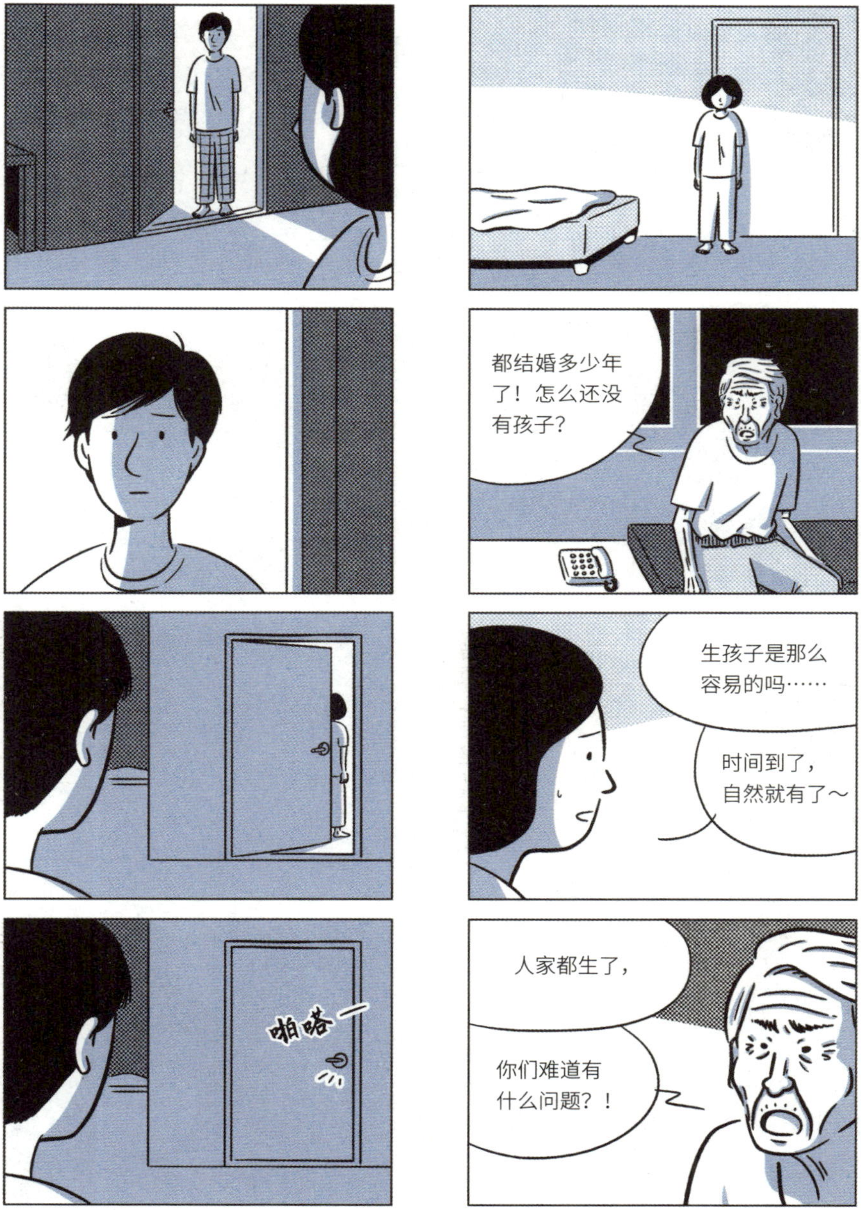
都结婚多少年了！怎么还没有孩子？
生孩子是那么容易的吗……
时间到了，自然就有了～
啪嗒
人家都生了，
你们难道有什么问题？！

154

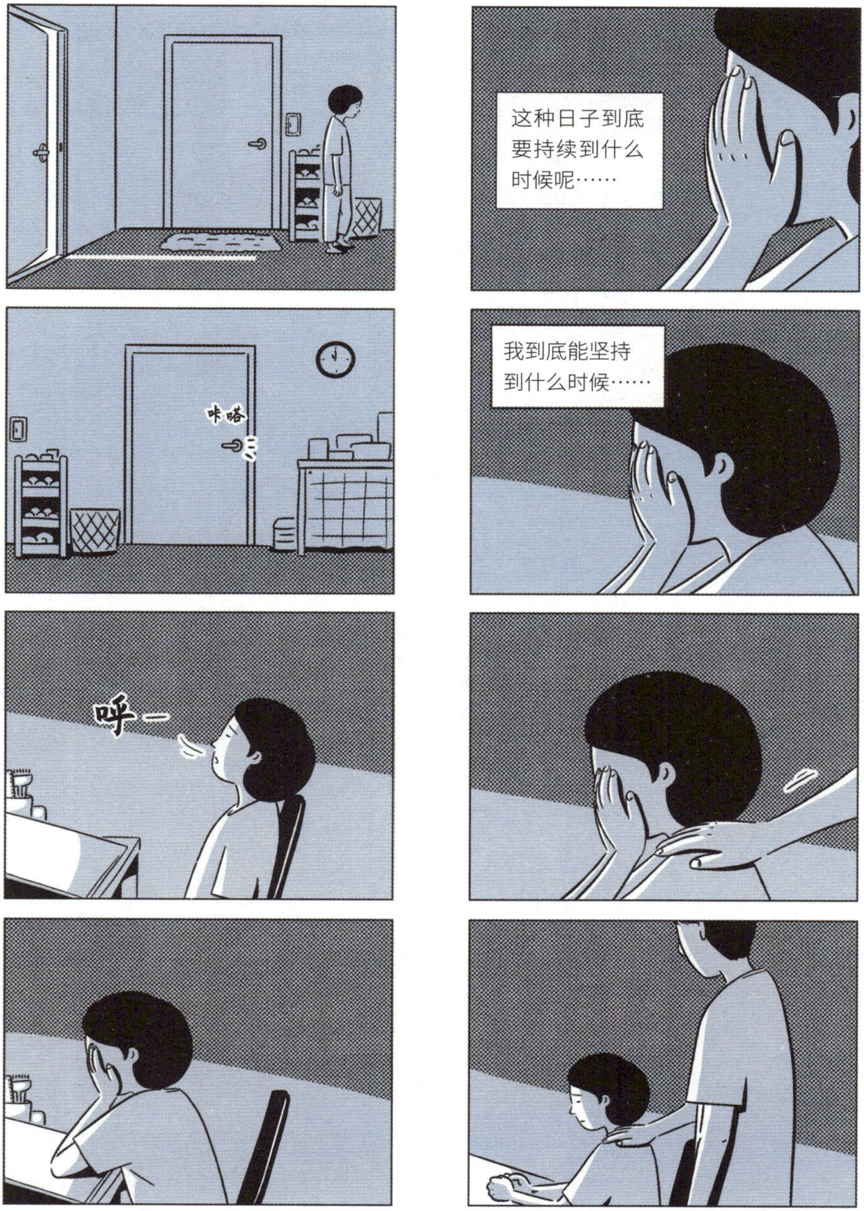
咔嗒
呼—
这种日子到底要持续到什么时候呢……
我到底能坚持到什么时候……

荣宇……
我们，我们曾经在很长一段时间里，
咱们……要不要先别生孩子，四处旅游逛逛？
很期待孩子的到来。
开着车到处走走，边走边旅行。
但最近对于孩子的问题却开始渐渐变得迷茫起来。
我真的……很想那样做……

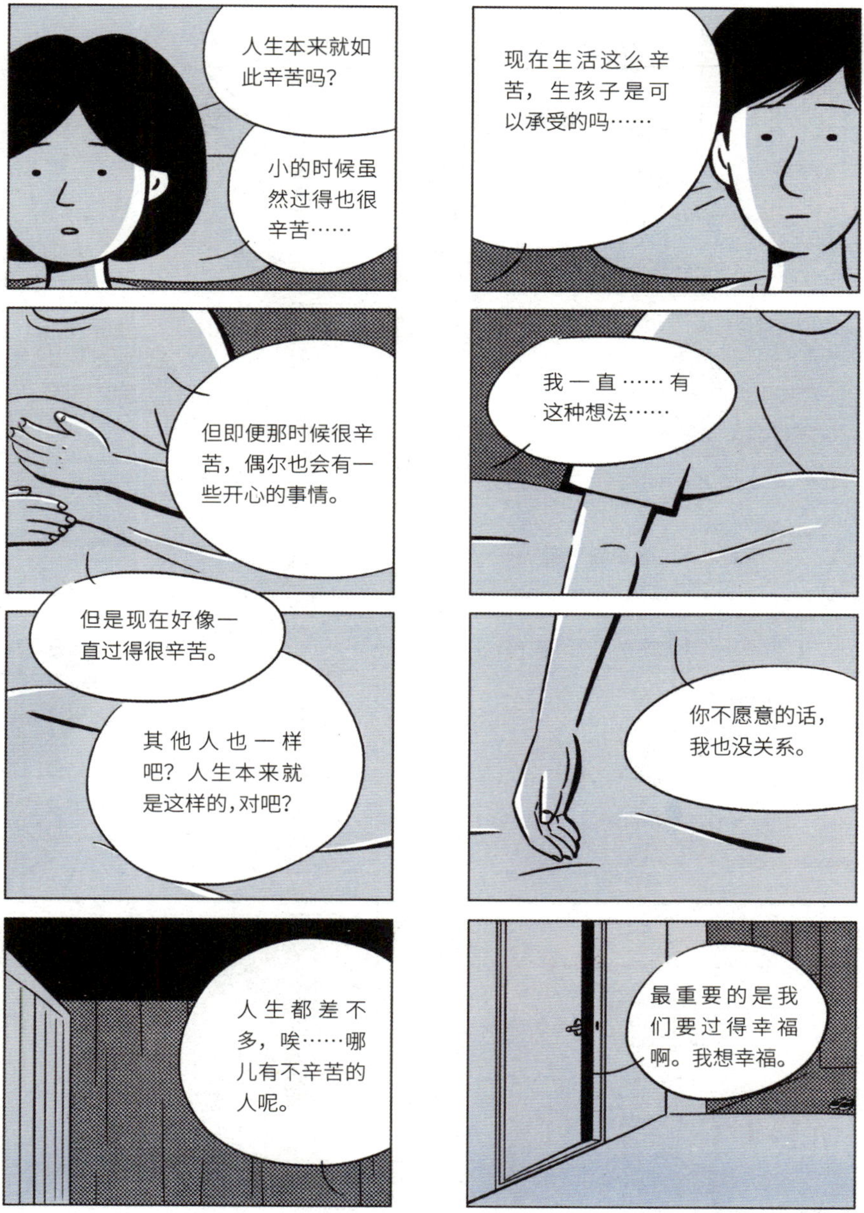
人生本来就如此辛苦吗？
小的时候虽然过得也很辛苦……
现在生活这么辛苦，生孩子是可以承受的吗……
但即便那时候很辛苦，偶尔也会有一些开心的事情。
我一直……有这种想法……
但是现在好像一直过得很辛苦。
其他人也一样吧？人生本来就是这样的，对吧？
你不愿意的话，我也没关系。
人生都差不多，唉……哪儿有不辛苦的人呢。
最重要的是我们要过得幸福啊。我想幸福。

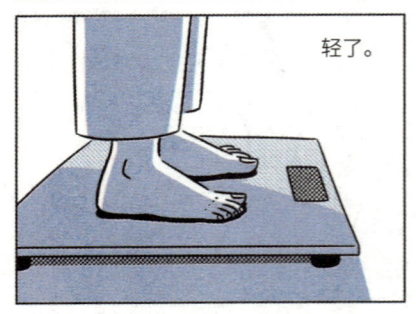

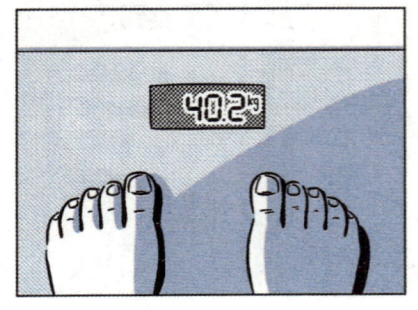

父亲，瞌睡—

荣宇，呼—

和我，

体重越来越……

轻了。

40.2㎏

大家的体重都变轻了，但内心变得更加沉重了。

我们会不会太宅了?

一点都不运动,再这样下去连我们两个的身体都会垮掉呐。

我们决定每天拿出一个小时,

咱们轮换着出去散散步吧。

顺着无心川溜达就挺好的。

各自出去散散步,锻炼锻炼身体。

好,你去转一圈再回来吧。

沙沙

好久都没有这样过了，就这样，两只脚踩在地面上，迎着风，看着天空……

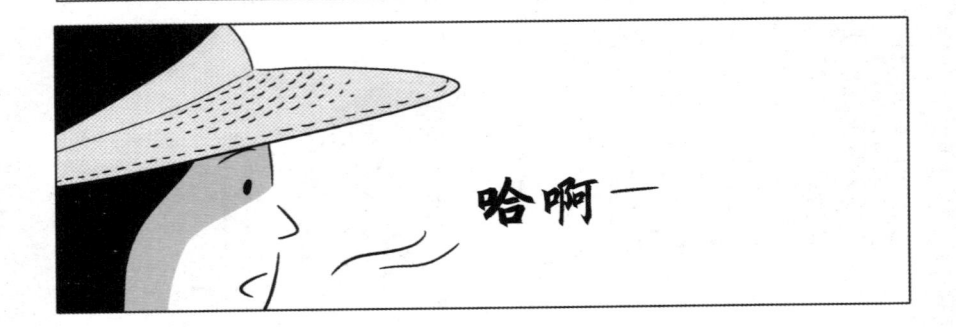

哈啊—

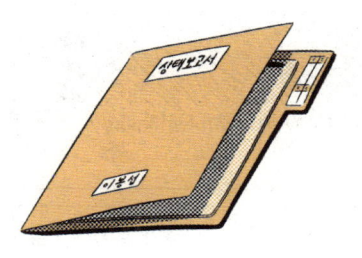

16. 健康状况说明书

沙沙—

"无心川"，是这条溪流的名字。

虽然不清楚这个名字有着什么深意，

但我个人觉得……它可能是指"摒弃杂念，放松心态"……

我一步又一步……向前走着，

这段时间如同巨石般压在我心上的事情一件件都冒了出来。

脑海中浮现出父亲陌生的眼神和那些带刺儿的话。

尽管我清楚地知道这并不是父亲真实的样子，

但当真的碰上这样的事情，我的心还是会感到闷闷的。

我开始反省，这些天自己的行为。

我看向父亲的眼神和跟父亲说话时的语气。

这样想着，发现自己并不是一个温柔的女儿。

虽然在父亲的衣食起居方面照顾得很好，但一点都不贴心。

小时候的我曾经也是一个贴心又温柔的女儿啊……

那些自己曾经以为像沙粒般小的失误，现在巨石一般向我压来。

如果我过去更温柔一些，如果能让父亲的心感到更温暖一些，情况会不会比现在要好呢？迟来的悔恨占据了我的内心。

我深呼一口气，想把自己这些乱七八糟的想法从脑海中摒弃掉。

— 呼 —

— 呼 —

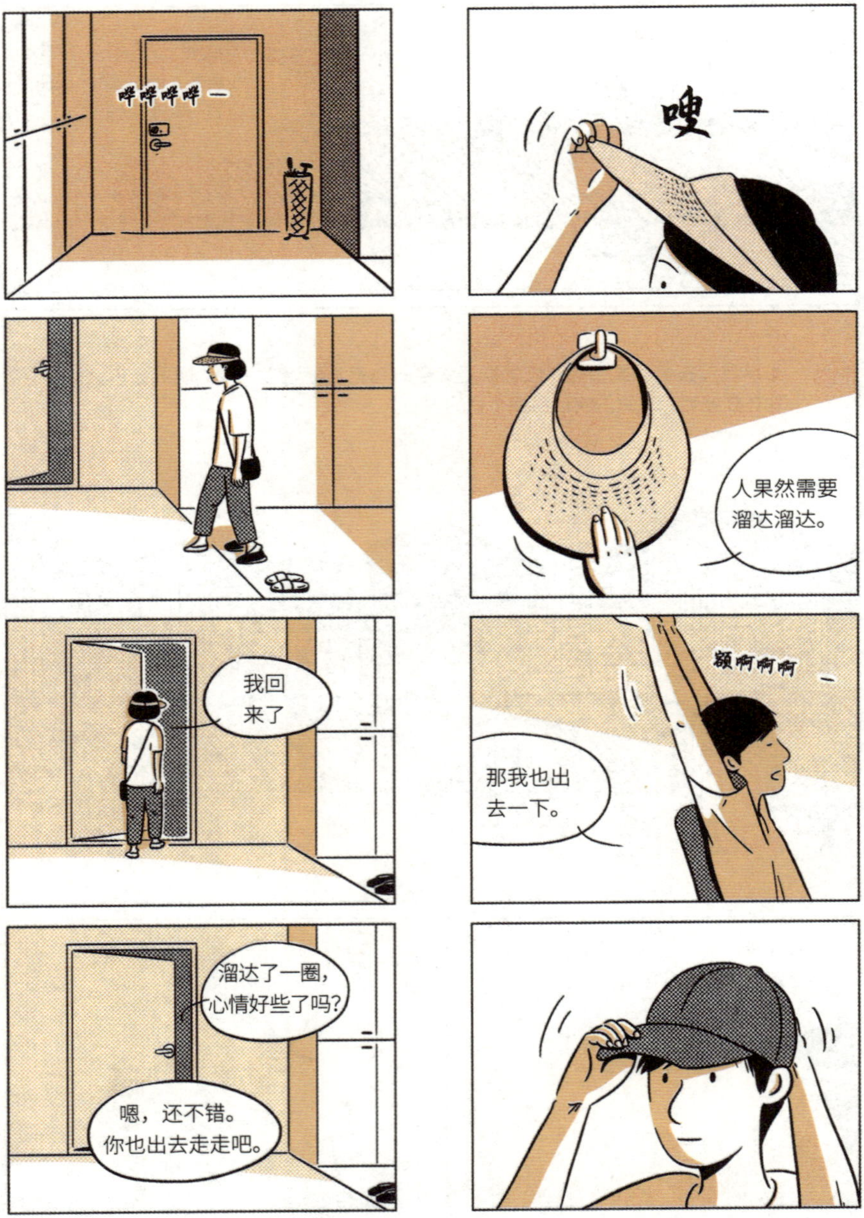
哔哔哔哔—
我回来了
溜达了一圈，心情好些了吗？
嗯，还不错。你也出去走走吧。
嗖—
人果然需要溜达溜达。
额啊啊啊—
那我也出去一下。

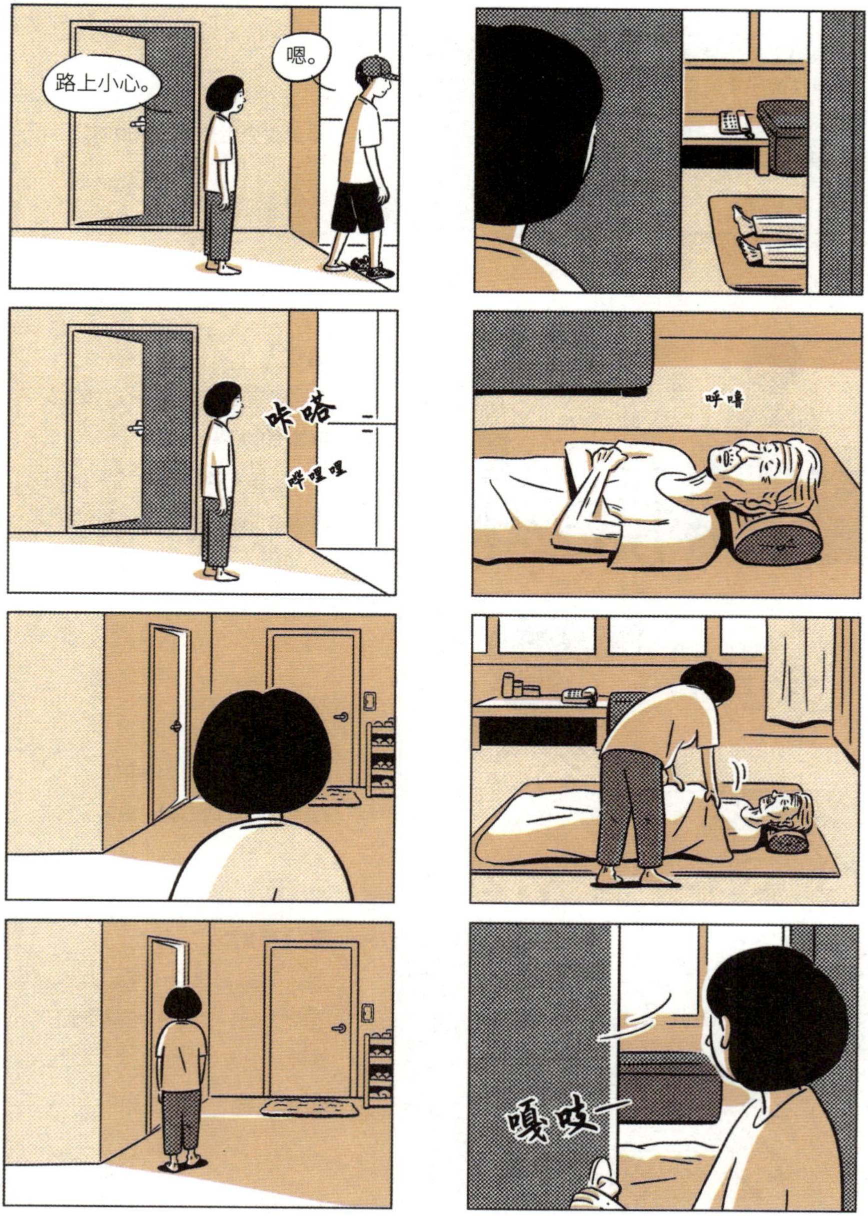
路上小心。
嗯。
咔嗒
哔哩哩
呼噜
嘎吱—

再过三天，就是父亲接受老年性痴呆症检查的日子了。

李凤燮先生身体健康说明书

我从书里了解到，去大型医院检查的话，和医生交谈的时间都比较短。

编写人：
李胜雅（李凤燮先生的小女儿）

平常的性格：
父亲比较安静而内向，注重细节，对我来说是顾家又温柔的父亲。

所以最好提前把患者的身体状况给记录下来。

个人背景：
6.25战争时期作为朝鲜军人被俘虏，至此成为朝韩离散家属。

我决定整理一下父亲的身体状况。

其他疾病：
患黄斑病变已有十年，此外还患有高血压，因脚部疼痛而服用的药物请参考处方单。

变化过程：

哒哒哒哒

168

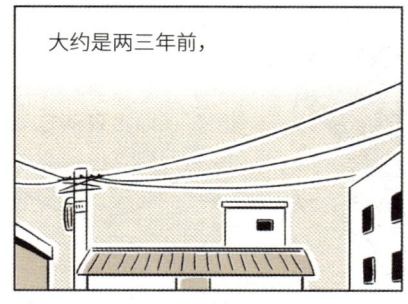

然后，父亲的变化过程…… 嗒哒 嗒哒	大约是两三年前，
父亲是从什么时候开始有奇怪行为或症状的呢？我开始回想……	那个时候我们还住在安山。
回想……	父亲经常会说：你买东西的时候帮我带那个回来吧。
回想之前的点点滴滴。	然后就忘记了自己要说什么。那个……那个叫什么来着……

什么呢？可以再说清楚点吗？
这种情况逐渐发生得越来越频繁。
那个嘛，那个……
哎，就是那个……就是有棉花的，能捅耳孔的东西嘛……
那时候爸爸总是无力地拍脑门。
啪
啪—
嗨哟—
啊，掏耳勺吗？
对，对！掏耳勺！
我本来以为这没什么大不了的。
摇
头
这都想不起来。怎么这么健忘……
我本来只是以为，年纪大了都会有些健忘。

17. 父亲的一天

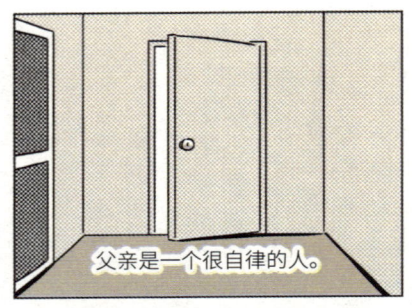

父亲是一个很自律的人。

总会传来父亲收拾送报员送来的报纸的声音。

从来不喝酒、吸烟，

从来不暴饮暴食，过着十分有规律的生活。

每天早上，

每天早上父亲都会看两三个小时的报纸。

小心烫。您喝慢点。	看报纸挺好的,您继续看就行。也不怎么花钱。
不知道从什么时候开始,父亲经常会说:呼呜—	有时候桌子上会有被剪得整整齐齐的报纸块儿。
我看完新闻,转个身就都忘掉了。怎么也想不起来到底看过什么了……	一般都是父亲收集的有关家务的一些报道。
这样的话,干吗还花钱买报纸看啊……算了,不看了。	我从这一片片小纸片当中感受到了一股股暖意。

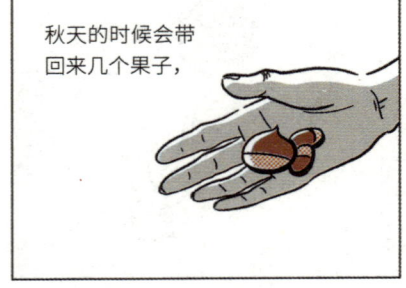

一路小心！

回去吧，忙你们的。

秋天的时候会带回来几个果子，

父亲看完报纸之后，会去绕一圈，

咔嚓——

春天的时候会带回家几朵叫不出名字的野花。

大约一个小时之后就会回家。

哎——

找个玻璃瓶插进去，然后放在餐桌边，

有时候父亲会带回来一些东西。

房间里的花香能够持续好几天。

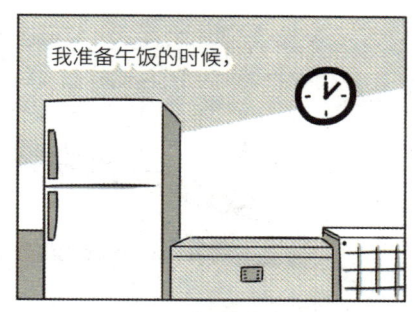

我准备午饭的时候,

我故意拜托父亲做一些他能做的小事情,让他打发一下时间。

父亲会悄悄来到厨房。

像是剥蒜、洋葱、大葱什么的,

有需要帮忙的吗?

父亲每次都会很认真地去做这些事情,也很喜欢做这些事情。

麻烦帮我剥下大葱。

好。

吃完午饭，

我会在厨房洗碗，

荣宇会用吸尘器清扫一下卫生，

父亲则会打扫一下自己的房间。

父亲说用扫帚才能打扫干净，所以总是亲自拿着扫帚打扫房间。

但是从某一天开始……

父亲扫地的时间和次数越来越多了。
一天内打扫了许多次。

爸，您又在打扫房间啊？

刚刚不是已经打扫过了吗？

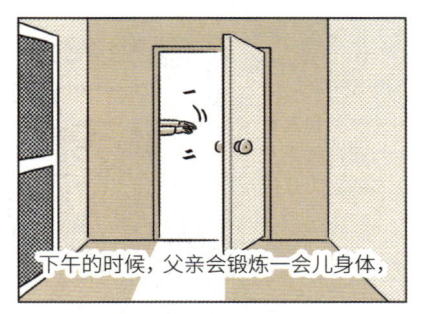

扫了那么多次还有灰尘。	下午的时候,父亲会锻炼一会儿身体,
您老是那么蹲着对身体不好。 这已经很干净了,您休息会儿吧。	睡一会儿午觉,
但是,父亲依旧没有放下手中的扫帚。 沙沙—	呆呆地站在窗边,看一会儿窗外的风景,
虽然我也感到有些奇怪,但我以为……父亲是因为有些无聊才会这样做的。	和仅有的几个亲戚、熟人打打电话,问候一下。 喂,堂弟。

爸爸是离散家属，因为战争跟家人分开。 最近身体还好吗？	跟仅剩的这位堂弟通话，一般就只聊个几句。 下次再联系，嗯，挂了！
和这仅有的几个亲戚打打电话，以慰藉思乡之情。 我呀……就那样吧……	咔哒— 好像就是为了确认对方是否还健在……
曾经和他关系很好的堂兄们全都去世了。 嗯，好。	让自己放心下来。
现在只剩下了包括父亲在内的两位老人。 好，你保重！	

到了晚上,父亲看着电视,

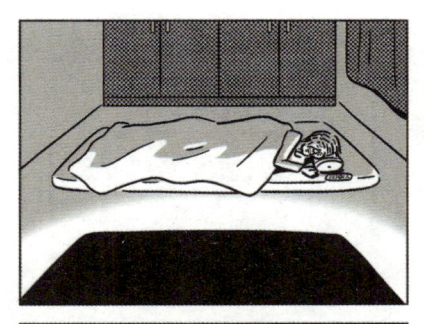

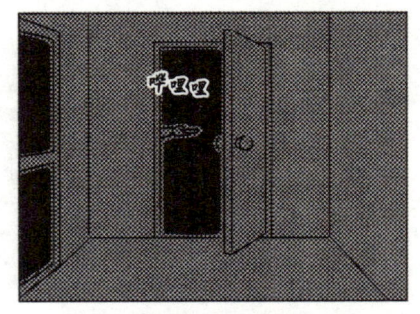

就睡着了……

经常会一边开着电视,一边睡着觉。

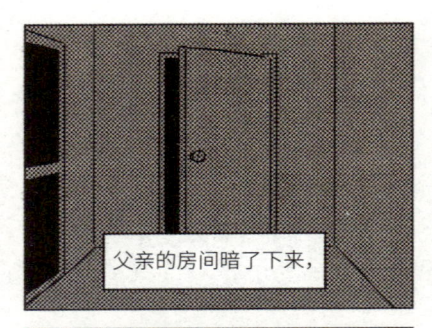

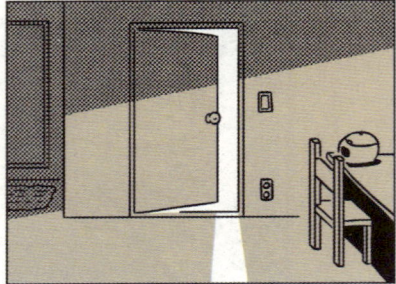

父亲的房间暗了下来，

虽然我们不是天天充满欢声笑语的和睦家庭，

但我们也默默地过着各自的生活。

我和荣宇的房间关灯之后，

或许从我不以为意的那个时候开始，父亲就已经有了老年性痴呆症的苗头了。

一家三口的一天就这样结束了。

18 当时我没发现

大概 1 年前

父亲的性格变得越来越挑剔，

这根本就不合适嘛。

曾经安静的家庭氛围开始出现了大声嚷嚷的情况。

发脾气的次数也变多了。

这不挺合适的嘛。这样就已经很好了啊。

算了，拿走吧，我不用！

爸，您别这么固执行不行！

父亲固执的情况变得越来越严重。

咕咚

我自己的事情我自己看着办，你管好自己就行了！

我们动不动就会吵起来。

呼

爸最近怎么一直这样啊?我伺候他就跟伺候婆婆似的……	曾经有那么一次,我和父亲去附近的医院接受过简单的老年性痴呆症检查。
大家不都说人老了就跟小孩儿似的嘛。	医生向父亲提问了几个问题:居住地、电话号码、出生日期,以及一些简单的计算等等,
也是…… 但真的好累啊……	父亲都回答得很好。
我以为老人都是那样子。	老人家的状态还挺好的,没什么问题的。 好的~ 于是我放下心来。

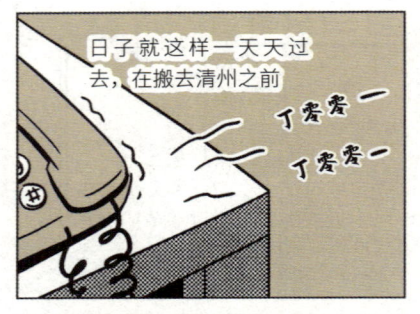

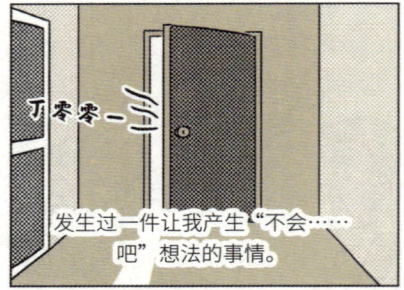

日子就这样一天天过去，在搬去清州之前

丁零零—
丁零零—

发生过一件让我产生"不会……吧"想法的事情。

丁零零—

刷啊

丁零零—

喂～

刚刚仁川的伯母打来电话了。

谁？

仁川的伯母！

……

父亲愣了几秒，什么话也没有说。

我还是不知道你说的是谁啊……
您的嫂子啊。
我嫂子？
就是您堂兄的妻子嘛。住在仁川的那位。
您不记得那位伯母了吗？
摇头
这是第一次，父亲记不起认识的人来。
啊，我嫂子！
过了老半天，
喂，您给我打过电话吗？
父亲才想起来了。

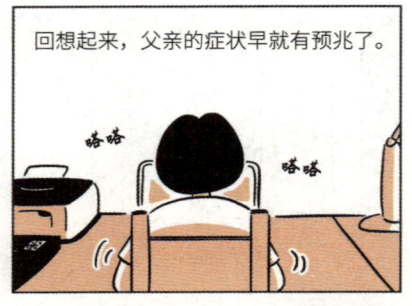

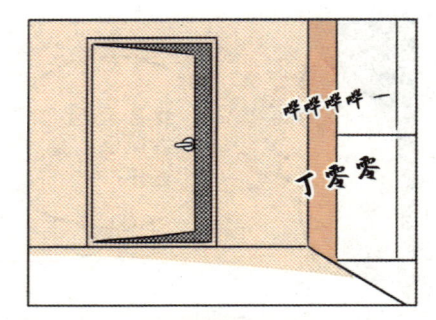

回想起来，父亲的症状早就有预兆了。	呼呼呼呼— 丁零零
不是我没发现，	回来啦。 嗯。
而是我心怀侥幸，觉得"不会吧"，不想承认这个事实。	那是什么？
	要带去医院的东西。

哇……
这段时间一直以为父亲是因为年纪大了才会这样的，就这样选择性地放任不管，好像是我做错了。
好像一篇专业报告啊。医生应该会被吓一跳的。哈哈～
如果再早一年，就只早一年去检查，可能情况就会比现在好太多……
主要我们也不太懂……
那样填写就可以了吧?
所以啊……根本就没想到这样的事情会发生在自己家人身上……
A+
嘿嘿
真可惜……

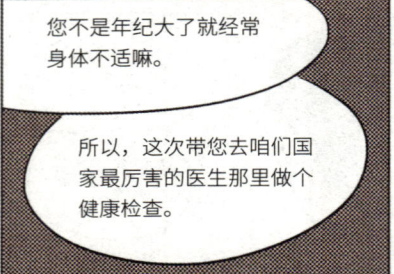

爸，这周三要跟我一起去首尔的一家医院。

首尔的医院？干吗？

父亲一天问了好几次我们什么时候去首尔。

您不是年纪大了就经常身体不适嘛。

所以，这次带您去咱们国家最厉害的医生那里做个健康检查。

什么时候去医院来着？

周三。

去那种地方要花很多钱吧？

没有，国家有补贴，挺便宜的。

第二天，

什么时候去医院来着？

本来这次还轮不上咱们呢，但幸运地预约成功了。

后天啊。

后天？哦……

我只能撒个谎，骗父亲同意去检查。

明天去医院对吗？ 对。 又过了一天。	给我拿熨斗过来。
就……这么穿就可以吗？ 哎呀，您过来一下。	小心烫。 又不是没熨过。 父亲花了很长的一段时间，
我给父亲挑了套外出时穿的衣服。	熨了明天要穿的衣服。
	可能是因为很久没去首尔了吧。

嘀嘀嘀—

大概多久能到啊？

大概……要走两个半小时，您累了可以睡一会儿。

希望这次检查为时不晚……

19. 首尔一日游

OOO医院
脑神经中心
李凤燮先生的家属。
在。
请来这边。
进行了很长一段时间的问询。
与家属聊了 20 ～ 30 分钟，
与患者聊了大概二三十分钟，整个过程差不多持续了一个小时。
好长时间啊……
嗯，这位医生问得很仔细。

那个，这是我自己整理的关于我父亲的健康状况说明书，请问该交给谁比较好呢？	然后就能见到主治医生了。
啊，您交给我吧，我会替您转交给主治医生的。 我把父亲的健康状况说明书交了上去。	在诊室里有好几位穿着白大褂的医生。
此外，父亲还做了身体检查和血液检查。	您让护士转交给我的东西，我已经仔细地看完了。 这对我们诊断您父亲的病情有着很大的帮助呢。
李凤燮先生。 在！	您是从清州过来的吗？真是长途跋涉啊。

来，您尝试着一直往前走看看。
好，可以了。
然后，您再朝着这边走走看。
好，不错！
您给我介绍一下这两位吧。
请问，这位女士是谁呢？
我和父亲看着彼此。
父亲的表情明亮了起来。

请问这位
是谁呢？
这位
是……
我一瞬间愣住了。
是您亲
妹妹吗？
父亲一时有些
吞吞吐吐，
这位
是……
听到周围人的笑声我才回过神来。
哈哈哈
哈哈一
呵呵呵
突然间像是一下
子想起来了一样，
说道：
妹妹！
然后，我自己也不知不觉地笑出来了。
哈哈哈一
啊，是妹
妹啊！
是我的亲妹妹！
虽然爸爸答错了，
但两个人都笑了。
哎，怎么都笑
了呢？是我说
错什么了吗？

那么，这位男士是谁呢？
他是……
是……他是……
父亲最终，
也没有说出“女婿”这两个字。
说不上来呢……
生活中最让你感到心累的是什么呢？
我父亲他总是疑神疑鬼的，还特别容易生气。
我给您开一些药，到检查结果出来之前，先吃一个月试试看吧。
既然您大老远地过来，我会好好给您检查的。
做完剩下的检查后，咱们一个月后见！
点头

见过主治医生之后,父亲还做了MRI检查。

体检结束后,往回赶的路上,

做了这么长时间的检查,应该很累了,但是父亲并没有闭上眼休息,

天渐渐地黑了。

而是望着窗外。

父亲整个人看起来很放松。

那天晚上，
您应该很累了，快睡吧。
好！
吃完晚饭，我把今天拿的药递给他。
什么药这么小小的？
掉了肯定找不到……
爸爸对今天的检查好像还挺满意的。
很小的半片药，一共就这两个半片。
嗯，看起来心情不错。
老天保佑。

我刚刚在医院吓了一跳。
怎么了？
家人嘛，一开始肯定都很严阵以待的……
爸爸今天说我是他“妹妹”的时候，大家不是都笑了嘛。
可是，那个笑声听起来不像是嘲笑，而像是在说“没关系”。
但是，我们好像真挺需要有这种“一笑而过”的从容心态呢。
爸爸也没有生气，心情反而变得还挺好。
虽然做起来很难……
然后我就觉得……我以前是不是太严肃了。
对于我们来说，确实很需要这种从容的心态。

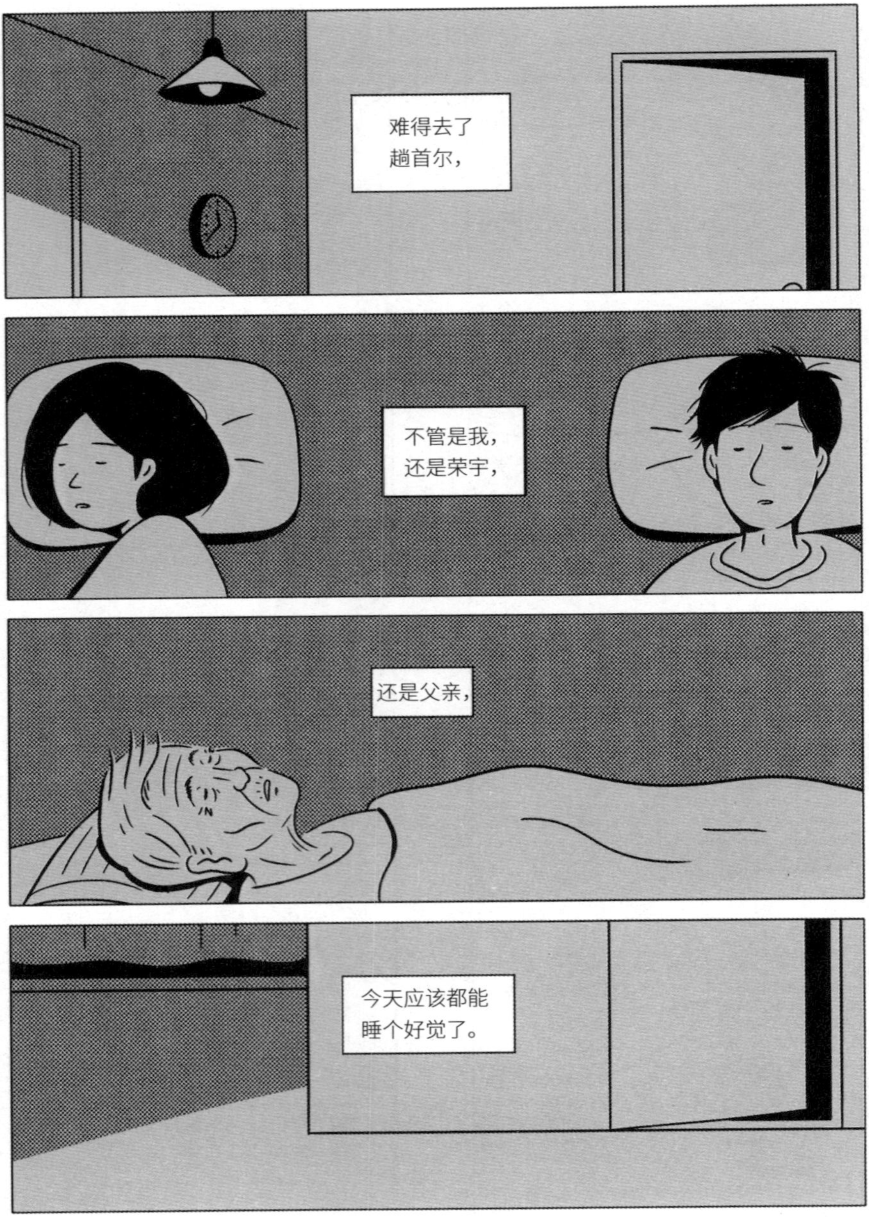
难得去了
趟首尔，
不管是我，
还是荣宇，
还是父亲，
今天应该都能
睡个好觉了。

20. 简易理发店

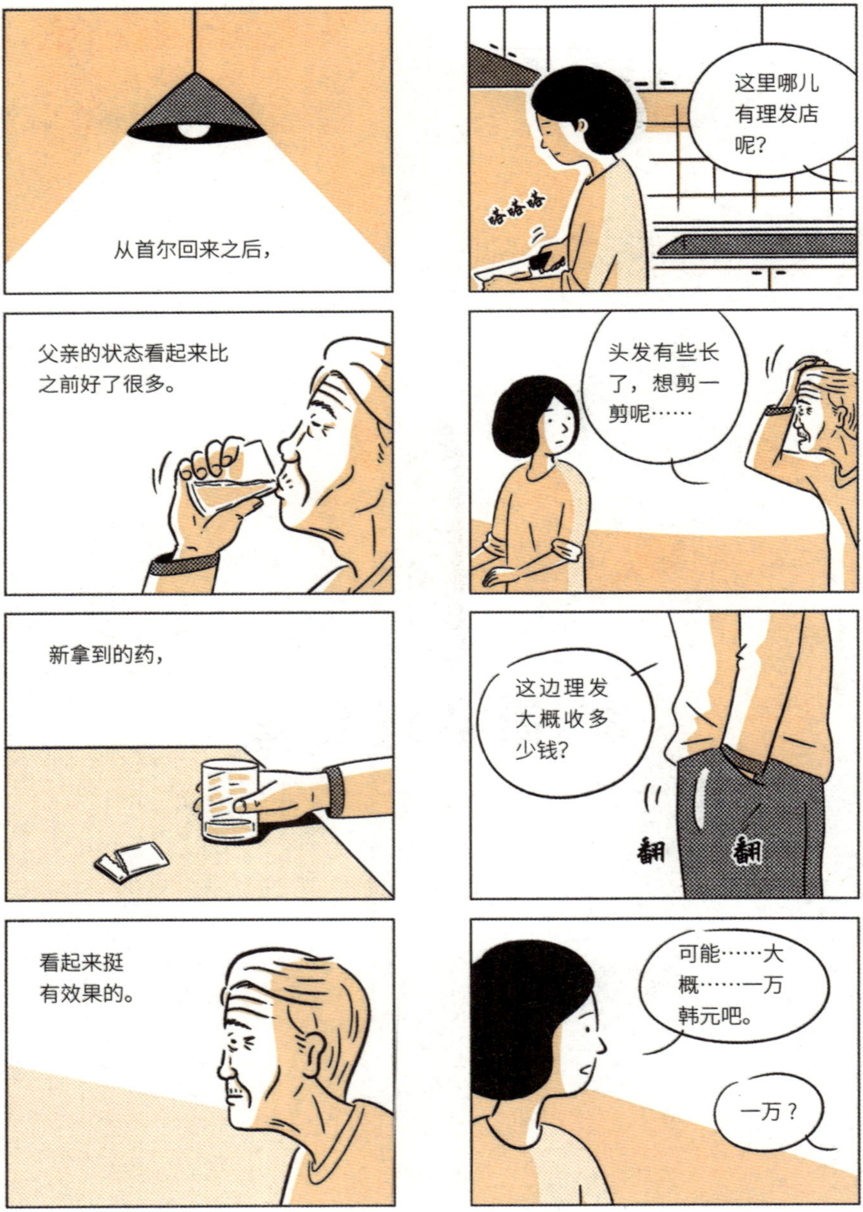
从首尔回来之后，
父亲的状态看起来比之前好了很多。
新拿到的药，
看起来挺有效果的。
嗒嗒嗒
这里哪儿有理发店呢？
头发有些长了，想剪一剪呢……
这边理发大概收多少钱？
翻
翻
可能……大概……一万韩元吧。
一万？

这些够吗?	真的吗? 什么时候?
父亲拿出了两张一千块的纸币。	待会儿吃完午饭,下午给您剪。 好嘞,好嘞!
那个是一千韩元的钞票……算了吧……	
我来给您理吧。	我想亲手帮父亲修剪他那些变白的头发。

还好这次拿过来的药吃得还不错,挺有效的样子。爸爸变得冷静多了。

老天保佑~

不过,刚刚爸混淆了一千韩币和一万韩币的钱。

爸现在怎么样?去医院顺利吗?

现在爸好像连算钱都变得有些困难了。

嗯,检查结果说是要一个月后才出来。

是吗?要等这么久啊……

父亲能做的事情,正在一件件变少。

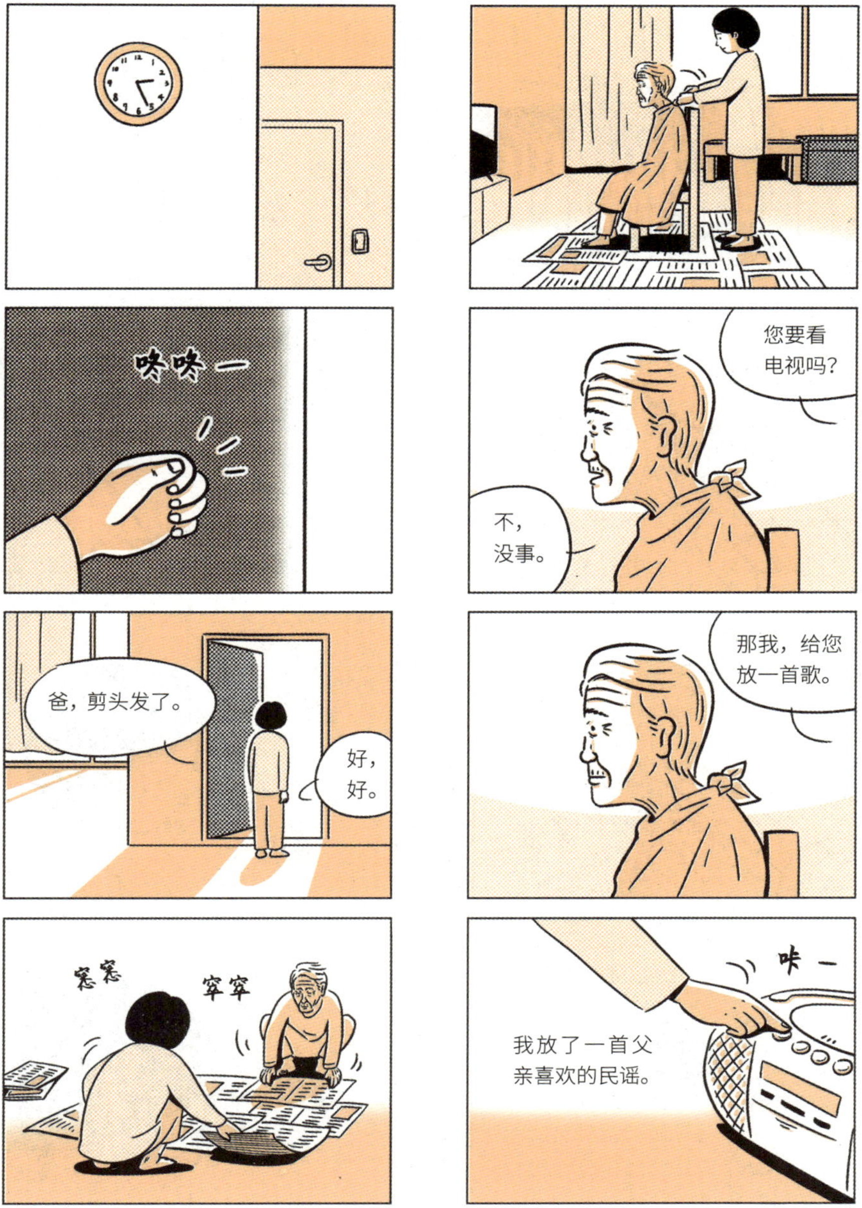
咚咚—
爸，剪头发了。
好，好。
窸窸
窣窣
您要看电视吗？
不，没事。
那我，给您放一首歌。
咔—
我放了一首父亲喜欢的民谣。

哎嗨呀
嘀呀
沙—
哎咿呀嘀呀
欸嘿
咔嚓—
欸嘿呀
哎咿呀嚓
嚓—
这月亮
多明亮啊
咔嚓—
划起小船啊
嚓嚓—
让我想起了
我的家乡
嚓嚓—
呃呀
嘚呀
哦呀
嘚呀
哎咦呀
嘚呀
嚓
嚓—
嚓—

您去洗一下头吧。	（开门进入）
嗯,辛苦了!	嗨呀,好清爽。
沙沙—	爽到起飞了!
忍不住啜泣起来。 沙沙—	看到父亲的笑容,我才停止了哭泣。

丁零零—
喂，你好。
呃，是堂弟啊。
最近身体如何？
刚好我也打算给你打电话呢。
死之前我想再跟你见一面……
无论是你还是我都老了，已经去不了太远的地方喽……
你要来我这？跟儿子？
嗨哟，我感谢你才对！
所以，什么时候来？

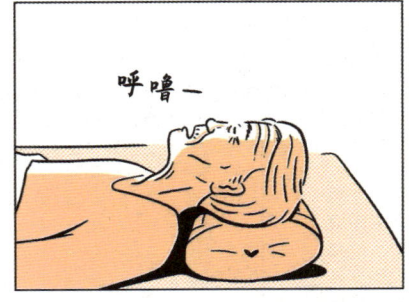

这周天你堂叔要过来。跟他儿子一起。	父亲在日历上将那天画了一个大大的圈。
到时候煮点肉汤，买点水果吧。 好！	24 25 堂弟来的日子
这次见面后也不知道什么时候才能再见面。 算是最后一次吧，哎……	呼噜—
嚼	

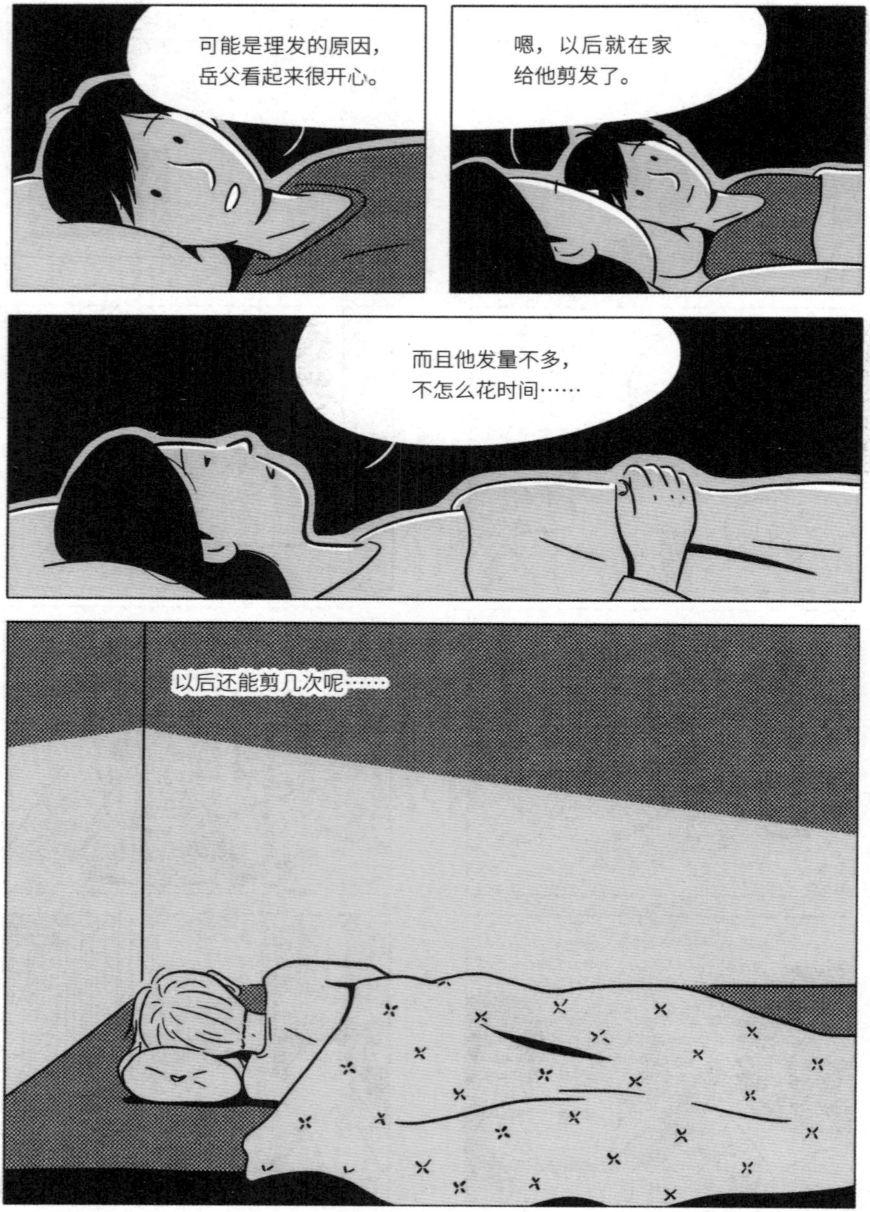
可能是理发的原因，
岳父看起来很开心。
嗯，以后就在家
给他剪发了。
而且他发量不多，
不怎么花时间……
以后还能剪几次呢……

21、客人

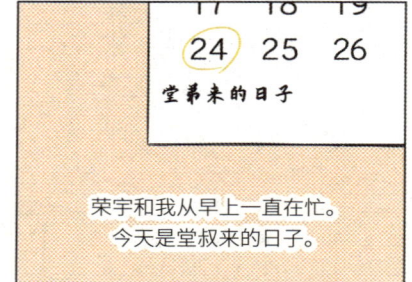

咕嘟咕嘟

嗞— 嗞—

24 25 26
堂弟来的日子

荣宇和我从早上一直在忙。
今天是堂叔来的日子。

太棒了吧！

哈哈哈—
瞌睡—

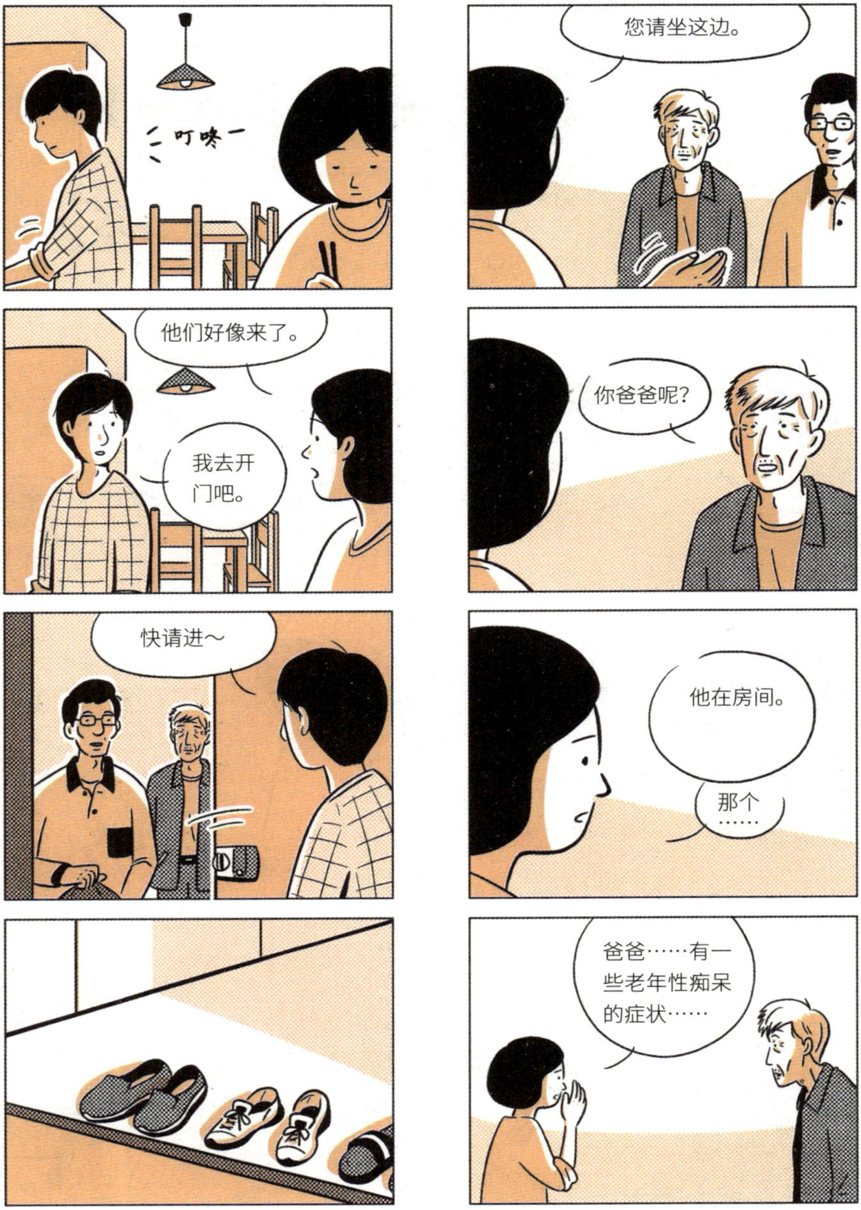
叮咚—
他们好像来了。
我去开门吧。
快请进～
您请坐这边。
你爸爸呢？
他在房间。
那个……
爸爸……有一些老年性痴呆的症状……

什么……
老年性痴呆？
爸，叔叔来了！
可能记不住东西或者答非所问。
您不用太惊讶……
猛地
叔叔的眼里
叔叔来了。
啊，好好。
泛起了泪花。
哎哟，弟弟！
哥。

「我们这都多久没见了啊!」

叔叔

父亲就跟和离散家属团圆一样,开心极了,

用了午餐之后,

「路上辛苦了。」

叔叔的鼻子发酸了。

和父亲聊了很多

我就这样看着这两位老人,拼命地忍住不让自己掉下眼泪。

回忆起了父亲以前那段漫长的岁月。
「那时候真的绝了!」

话说，我们到底……几年没见了啊？我们这是时隔几年才见的呢？	我就在这送送你吧。
大概……5年吗？ 哥，我们去年春天的时候见过的。	在玄关告别时，叔叔什么话都没有说，
去年？ 不知道……不记得了…… 摇头	只默默地握住了父亲的手。
叔叔一直强忍着不让自己的眼泪流出来，	最终，我还是看到了叔叔眼中的泪水。

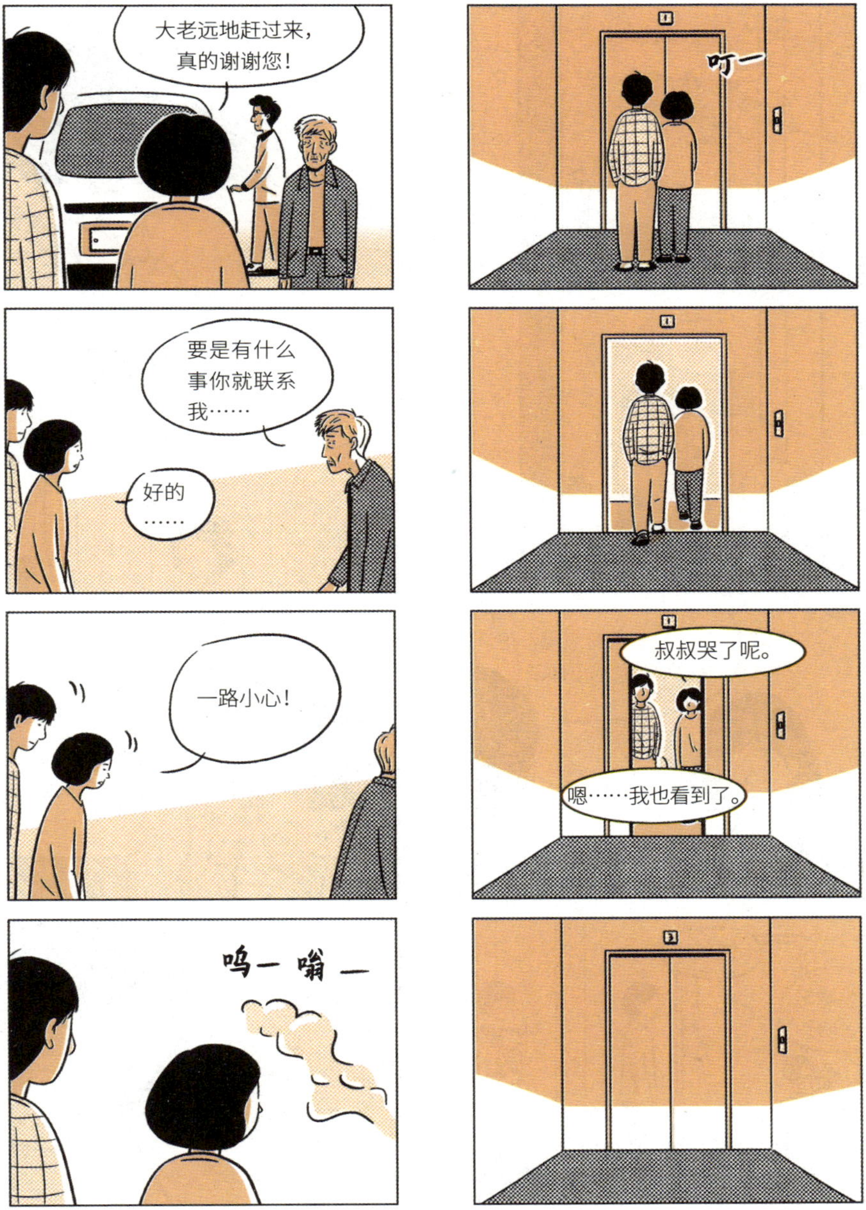
大老远地赶过来，真的谢谢您！
要是有什么事你就联系我……
好的……
一路小心！
呜— 嗡—
叮—
叔叔哭了呢。
嗯……我也看到了。

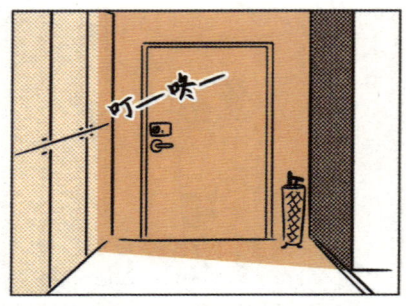

叮—咚—

小敏，跟外公也要打招呼呢。

小敏！

姨妈！

见到外公的时候，不可以又哭哦……

孩子们在家有点闷，正好出来，就来见你了。

不哭了，我不怕爱(外)公。

姨父！

小敏来了呀？

真的吗？

嗯！

爸,姐姐和外甥女们来了。	我的外甥女在笑,
哦,是吗?	
哎哟! 鞠躬	我的父亲也在笑,
小宝贝!	所以我也应该笑啊。

爸爸的脸色看起来不错。

嗯,这几天都还可以。

希望能够继续这样下去……

呼噜噜—

没想到我会这么渴望这种平凡的日子。

22. 満月

中秋节到了。
没落下什么东西吧？
嗯。
今年中秋节，
帮我向婆婆问好！
嗯，别担心。
不能去婆婆家过了。
岳父，我回我妈家一趟。
等到后天回来。
好！
今年要和父亲两个人一起过节。
开车注意安全。
嗯。

有什么事的话
马上联系我。
嗯。
咚咚
到了给我发消息。
好的。
爸，要不要出去走走啊？
走吧！
嗯。
现在吗？
幸好的是，
节日第一天，
最近父亲的
状态不错。
去哪里？
超市吗？
不是，去
面包店。
我和父亲去了一趟面包店。

姐姐家
当啷
姐姐家
您想吃什么？
我也不知道，随便拿吧。
嗨哟～
我选了父亲喜欢的豆沙面包和mammoth 面包，
才走了这点路就很吃力了……
回去休息吧。
还有我喜欢的沙拉面包。
吱隆隆

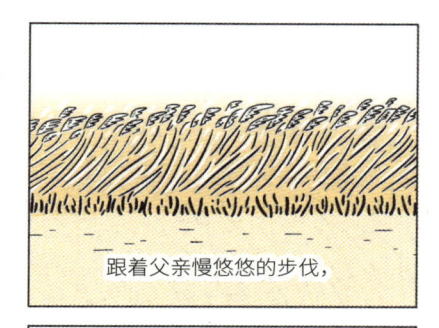

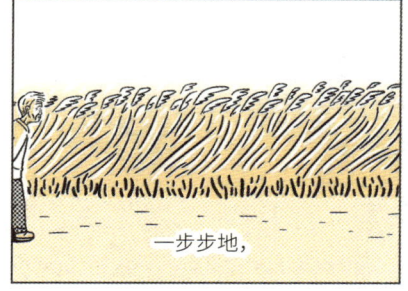

爸,要不去散会儿步? / 好,走吧~! / 第二天,	跟着父亲慢悠悠的步伐,
和父亲去了无心川。	一步步地,
沙沙沙— / 因为是中秋节,所以行人寥寥无几。	
我	慢慢地走着。

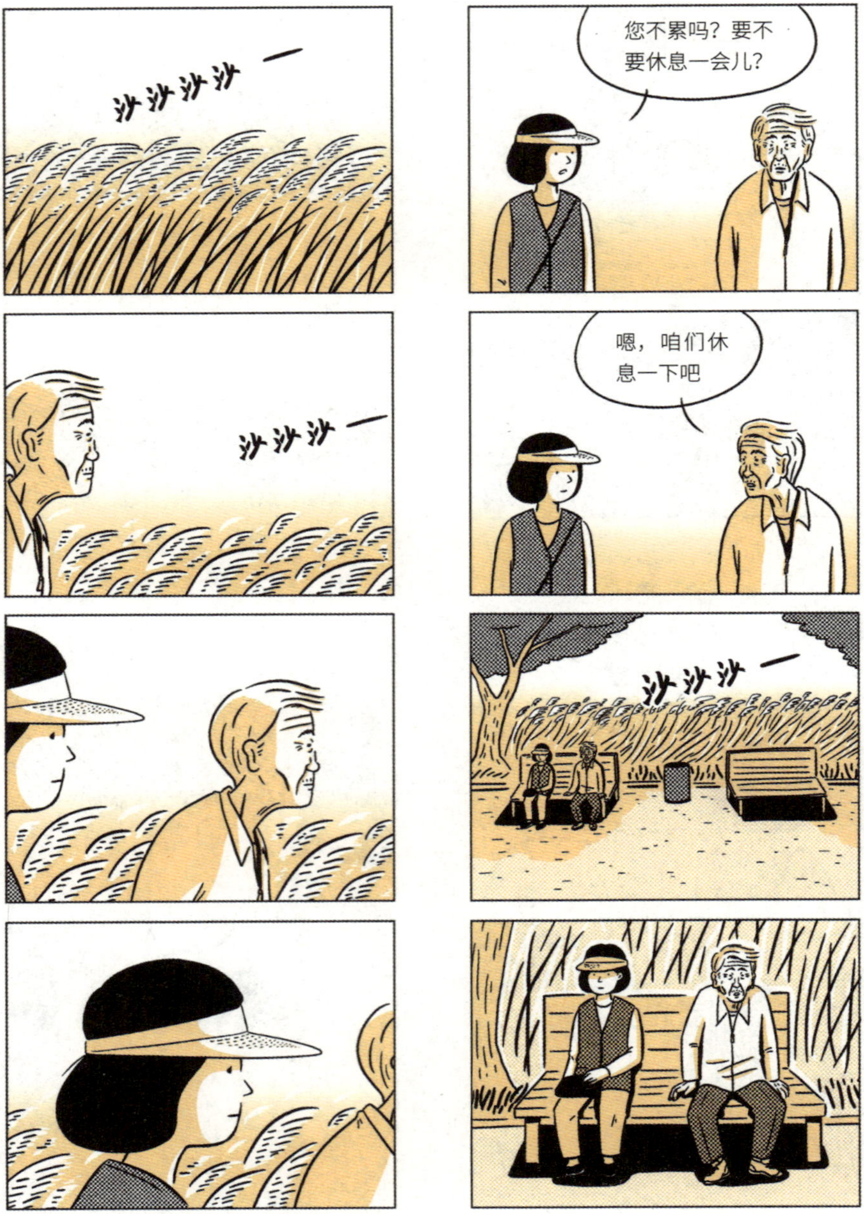

沙沙沙沙—
沙沙沙—
您不累吗？要不要休息一会儿？
嗯，咱们休息一下吧
沙沙沙—

我看那个银杏树就想起来了。	
之前我们去抱川的时候,不是捡了银杏果嘛。 我和你。	是父亲原来健康时的神情。
味道好大啊～	我喜极而泣,
大概五六年前,我和父亲一起捡过银杏果。	眼里一下子涌出了眼泪。

我目不转睛地看着父亲。

嗯……以后不要变得更严重就好了……
您吃饭了吗？
嗯，早就吃了呢。
你吃了什么好吃的啊？
上周我本来要给你寄一些泡菜和小菜的，快递公司竟然不接单，真是的～
做了点煎饼、八宝饭。
吃得不错。
可能因为临近节假日了吧。
嗯，应该是。
那等假期结束了再给你寄。
你爸爸呢？怎么样？
最近还好。刚刚白天的时候状态真的很不错。虽然是短暂的……
好，不着急。

十五的月亮真圆啊。

在这月光之下，我又想起了白天父亲的表情。

或许今天，是父亲过的最后一个中秋节了……因为这种想法，泪水再次模糊了我的双眼。

23、蜂之墓

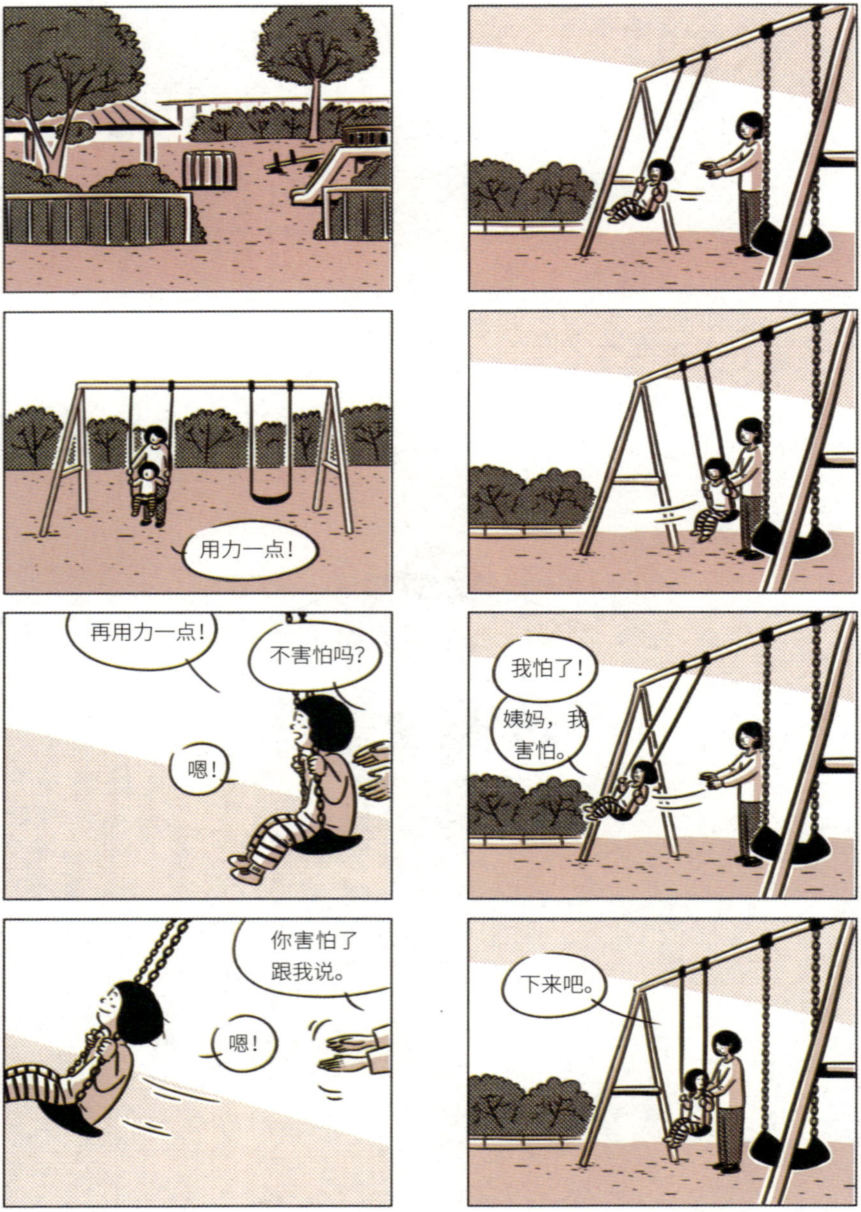
用力一点！
再用力一点！
不害怕吗？
嗯！
我怕了！
姨妈，我害怕。
你害怕了跟我说。
嗯！
下来吧。

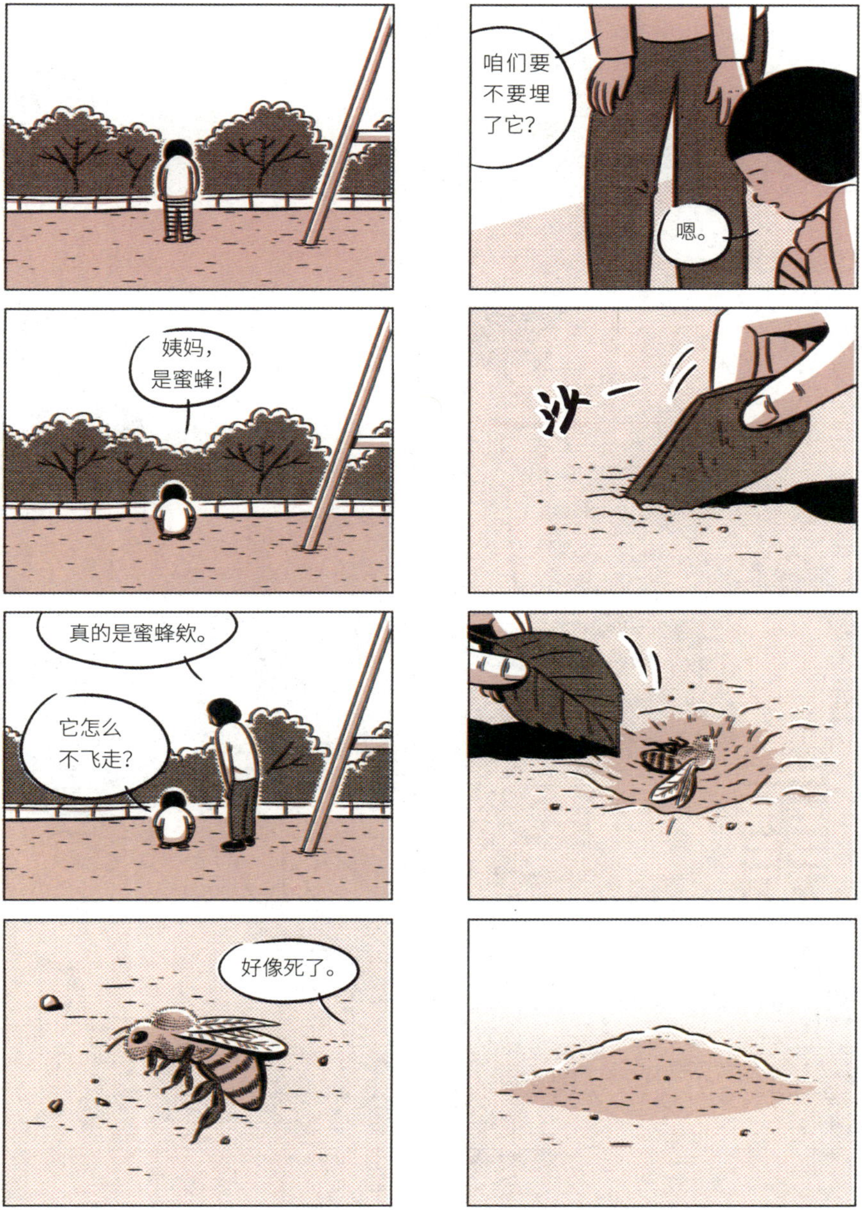
姨妈，
是蜜蜂！
真的是蜜蜂欸。
它怎么
不飞走？
好像死了。
咱们要
不要埋
了它？
嗯。
沙—

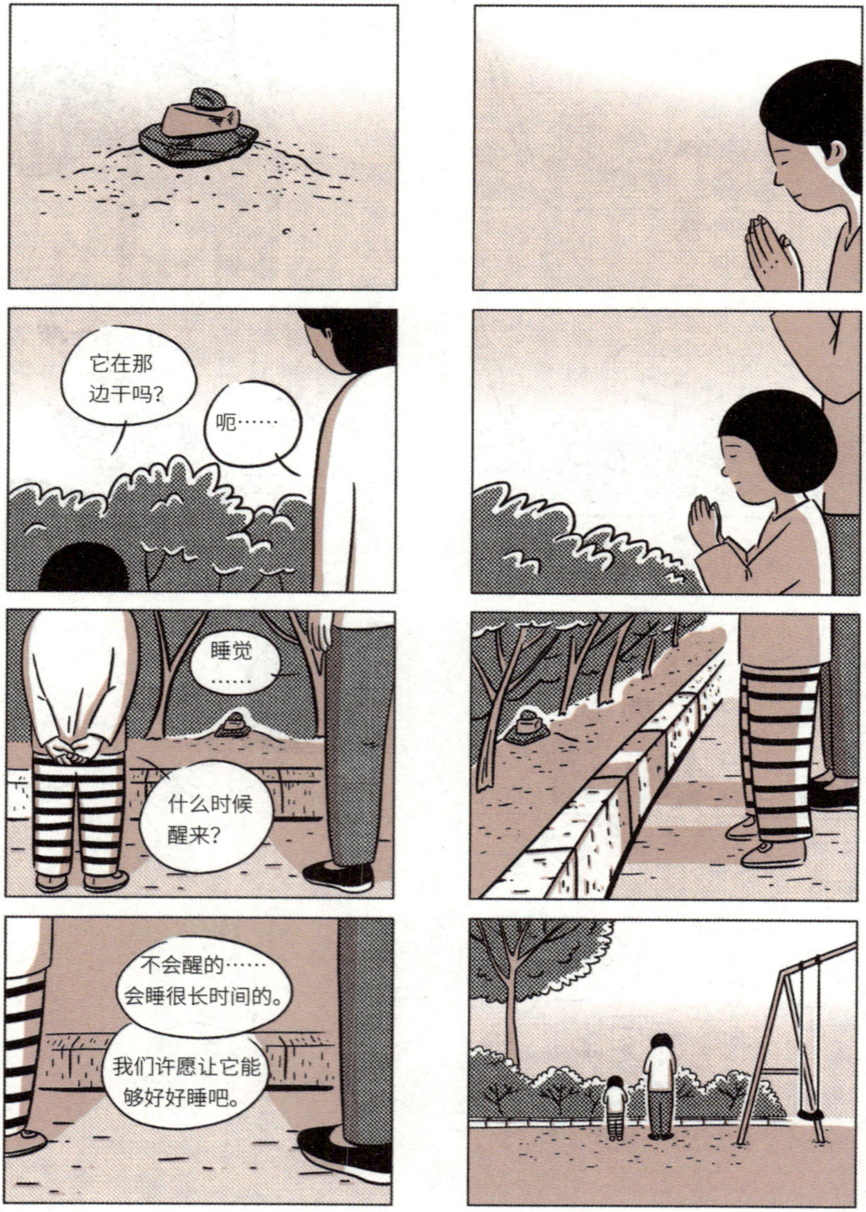
它在那边干吗？
呃……
睡觉……
什么时候醒来？
不会醒的……会睡很长时间的。
我们许愿让它能够好好睡吧。

叮—咚—

快递！

谢谢。

是妈妈寄来的包裹。

有泡菜，其他几种酱菜，还有父亲喜欢的—

酱焖半干明太鱼。

今天晚上咱们煮半干明太鱼吧。

翻 翻

嗡—
是什么味儿？
嗯？银带鱼？
嗡—
是半干明太鱼的味道。
不是那个。半干明～太～鱼。不是有那种明太鱼干吗？
嘻嘻—
什么……土著？
（注：韩语中发音相似）
噗—
不是有那种明太鱼干吗？
不是土著，是半干明太鱼。半干明太鱼。
我不太懂你说的是什么……

半干
注：韩语中发音与“鼻子”相似
明太鱼！
注：韩语中发音与“腿”相似
半干明太鱼！
啊，半干
明太鱼！
嘻嘻嘻 —
哪儿那么
好笑？
我一想起父亲说的“银
带鱼”就忍不住想笑。
哈
哈
咕嘟 咕嘟
哈
哈 哈 —
好久没这么
大声笑过了。

不知道是梦话还是自言自语，

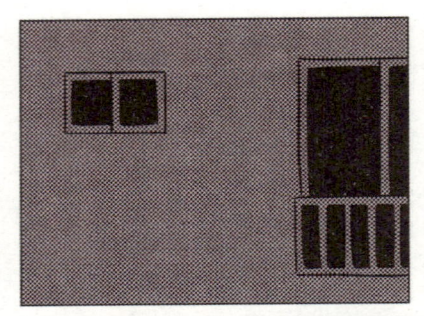

父亲深夜里说话的声音，

持续时间越来越长了。

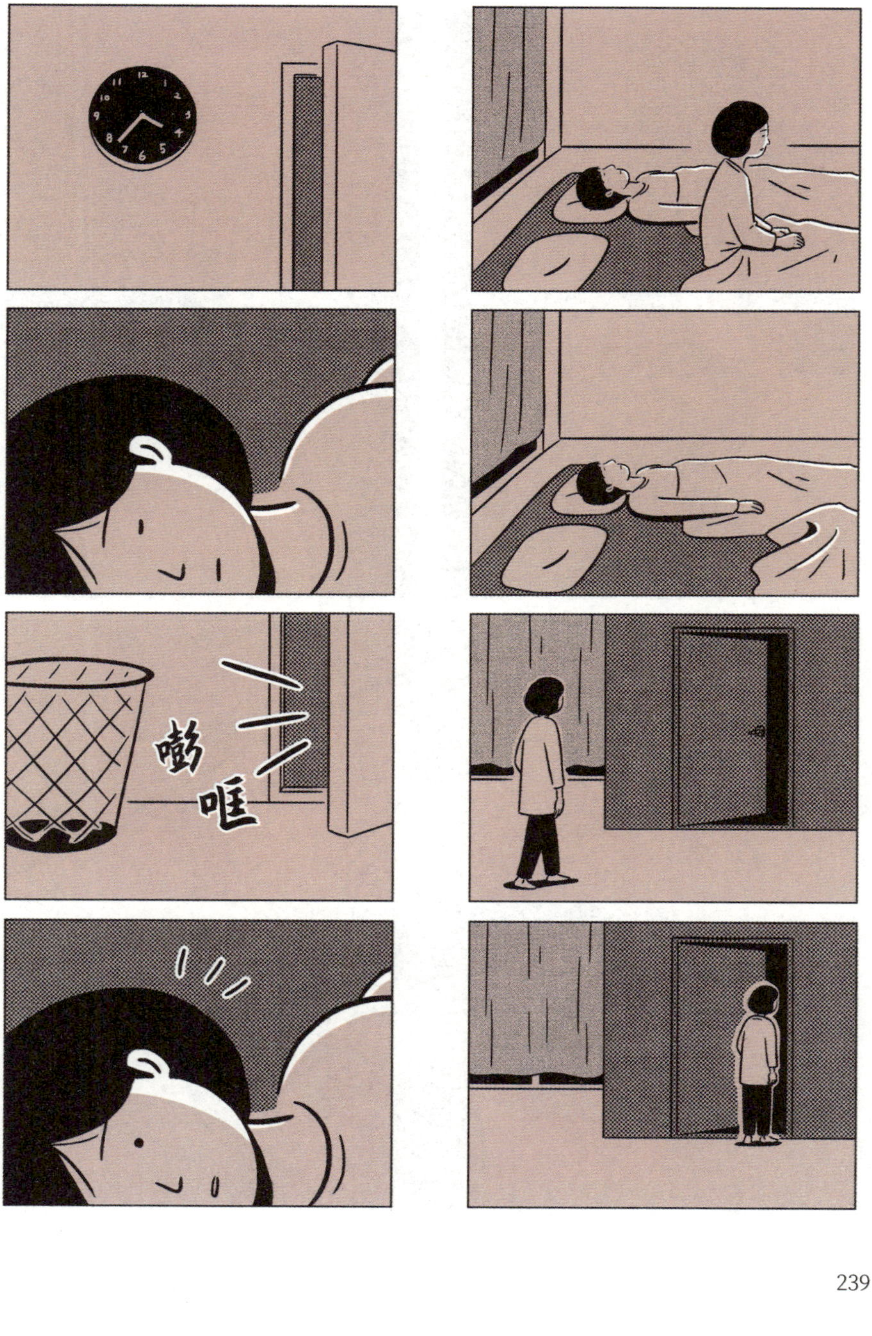
嘭
哐

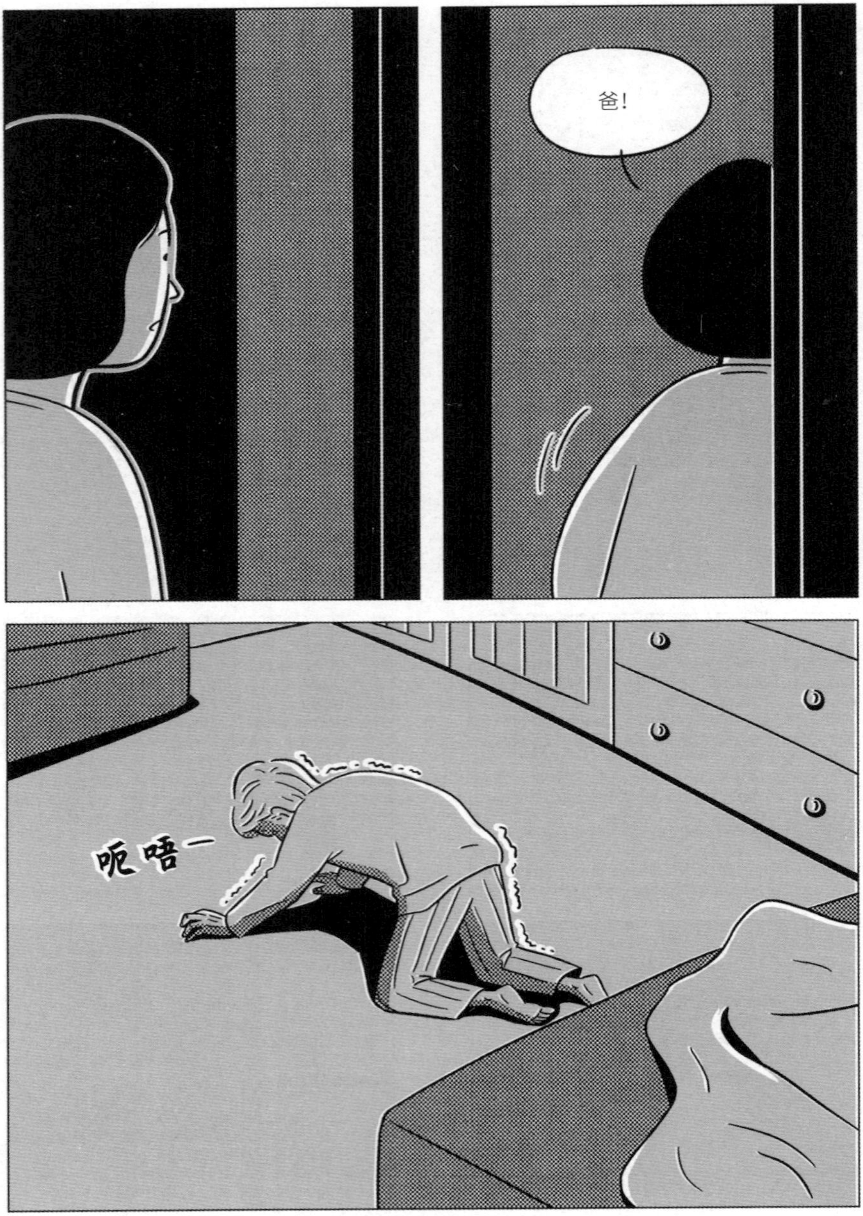
爸!
呃唔—

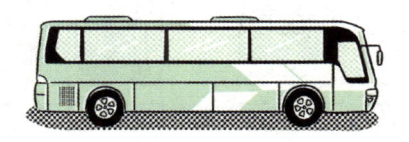

24. 迟到

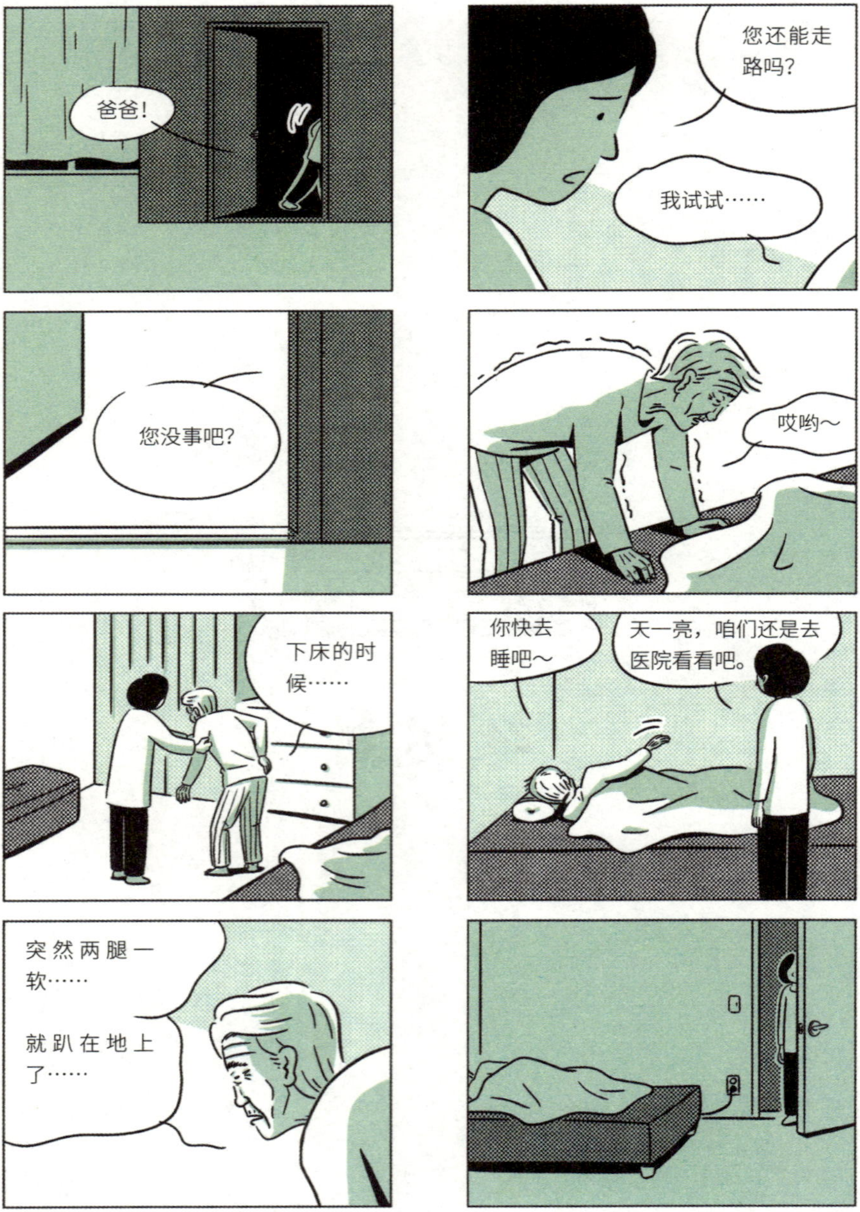
爸爸!
您还能走路吗?
我试试……
您没事吧?
哎哟~
下床的时候……
你快去睡吧~
天一亮,咱们还是去医院看看吧。
突然两腿一软……
就趴在地上了……

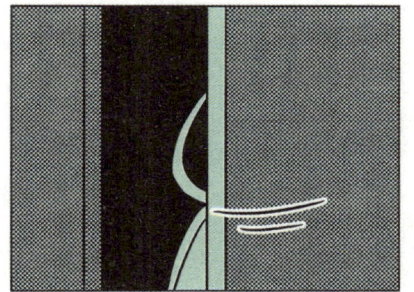

现在只能希望父亲不会有什么大碍。

您父亲是尾骨骨折。
尾骨这个地方不好做手术，也不能用石膏固定，所以只能吃药好好休息。
可以住院，但如果家属可以照料的话，也可以选择在家休养。
只有吃饭的时候可以稍微坐一会儿，其他时间还是尽量躺着最好。
给您开一周的药，一周之后再来复查一次。
好的，谢谢您。
医生怎么说呢？
说您尾骨受伤了。
尾骨？
给您开了一些药，还有，让您尽量躺着，好好休养。

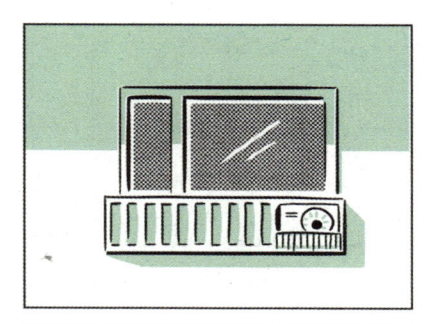

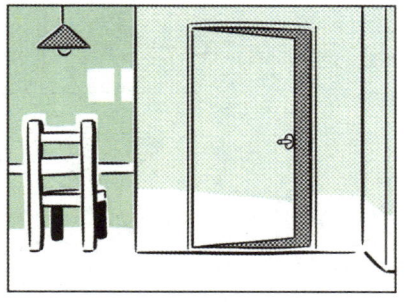

	明天，爸爸的检查结果就出来了，我自己去拿就行。
您有什么需要的话叫我就行。我开着门。 / 知道了。	没问题吗？
	经常有往返首尔的公交车，没关系。你帮我给爸爸准备午饭就行。
	我会的。

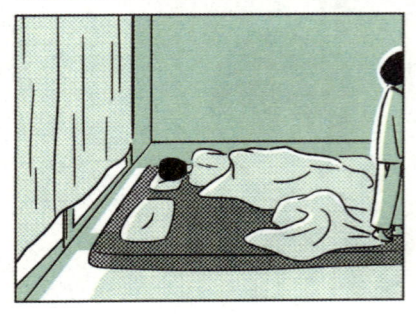

第二天……

摸 摸

是父亲老年性痴呆症检查结果出来的日子。可能是因为太紧张了，早上在洗手间待了很长时间。

秋天的早上，
挺冷的。

哈—

我想起来那时候……	我才 3 个月罢了……
我们陪父亲去首尔的医院时就上了这辆公交车。	他们居然坚持了 15 年……
每个月一次,去了 15 年呢……	听着这位陌生大叔的故事,
现在父亲也已经去世 3 年多了……	我不该那么早就觉得辛苦。

好像大家……

都跟年迈的父母，

就那样……

一起生活着。

李凤燮先生。

在！

您的父亲没有一起来吗？
没有，因为他前几天下床时摔倒了。
嗒哒
嗒哒
李凤燮先生……
咔嗒
咔嗒
处于老年性痴呆中期阶段了呢。
原来我们……还是晚了一步啊……
是吗……

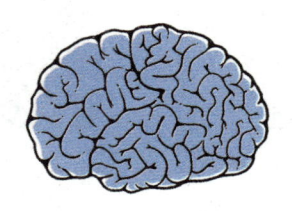

25. 蓝色大脑

来，您看这里……
父亲的大脑几乎全被蓝色占据了。
好……
标蓝的部分……
表示大脑机能低于正常人平均水平，
三个月后您带您父亲再过来检查一次，那我们到时候见吧。
谢谢您，医生。
您父亲的大脑几乎 80% 的部分都已经呈现蓝色状态了呢。

结果出来了吗？
嗯。
我现在正拿着结果往外走呢。
医生怎么说？
说是已经到中期了呢……
是吗……
等你回家我们再谈这个问题吧。你在那儿吃了饭再回来吧。
嗯，我会的。
江南 药店
一天三次，每次饭后半小时服用即可。
一次性地拿了三个月的药。
江南 药店

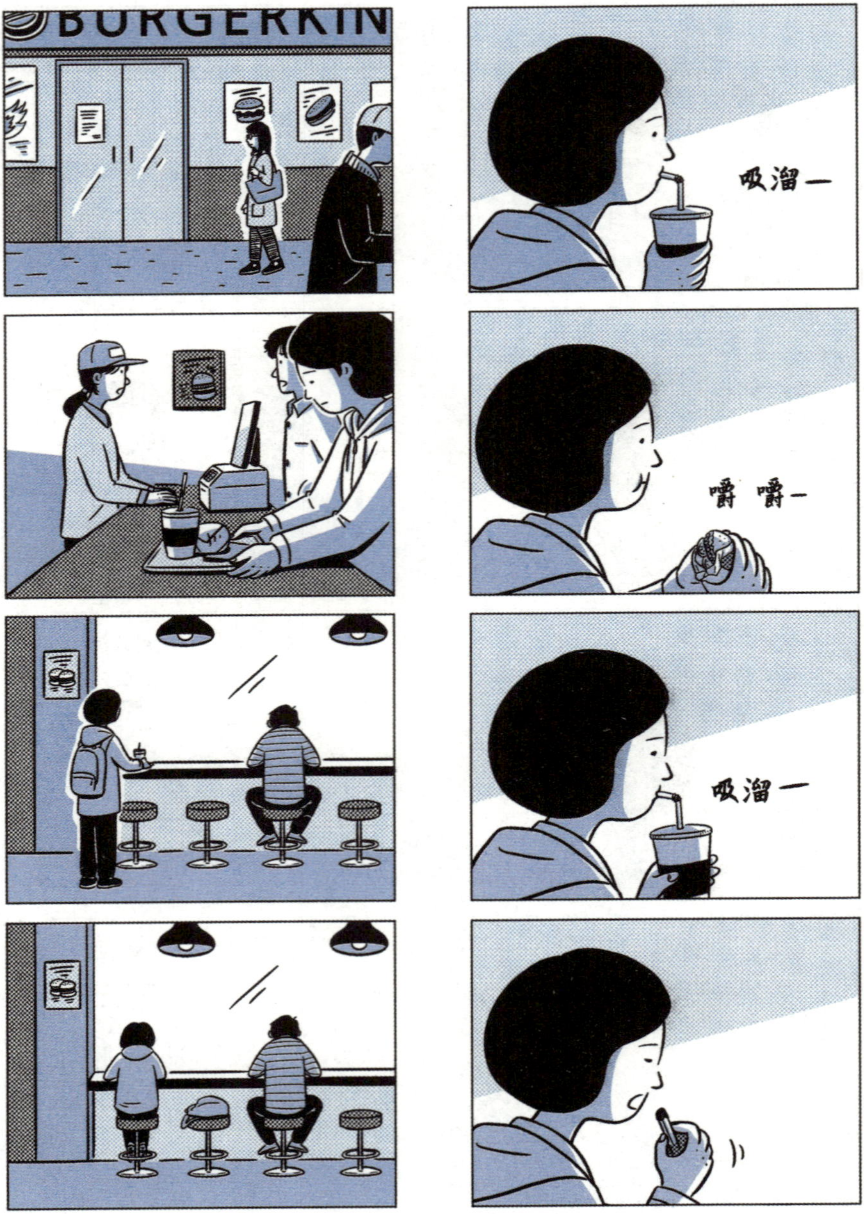
BURGERKIN
吸溜—
嚼嚼—
吸溜—

好久没这么单独出门了……

哈啊—

我暂时享受着

这心慌意乱中的……

一点自由。

哔哔哔—
哔哩哩—
辛苦了。
爸爸呢，在睡觉吗？
没有，好像没睡觉。
我回来了！
嗯，医生怎么说？
说我没多长时间了吗？
没有。说只要好好吃药就可以了。
反正也快要死了，他们就是想让你们花钱买他们的药罢了！
您先休息吧。
呼—

医生给我看了一些分析爸爸大脑的 3D 图之类的东西。
好像是因为身体不太舒服，所以才会这么不安的。
不太好的地方会用蓝色标示出来，爸爸的大脑几乎都是蓝色的。
这样啊……
刚刚的午饭也没怎么吃。
就一直在自言自语……
比咱们想的还要严重呢……
既然收到结果了，咱们申请疗养等级审核吧。
嗯，刚刚看了一下，状态是不太好。
嗯，是时候申请了。

几天后，

爸，吃晚饭了。

幸运的是，父亲的身体渐渐好了起来。

受伤后，

父亲的脸上总是乌云密布。

但是，在家里要用拐杖才能走路，

有的时候我站在他的房门外往里看，

吧嗒吧嗒 嚼嚼

所需服用的药也增加了一小撮。

会看到父亲像小孩子一样在哭泣。

怎么你姐姐连个人影都见不着啊？ 并且……	还有你妈，连一分钱的药费都没出？
姐姐，她不是昨天来了嘛。 他开始频繁找家人。	我都快要死了……
我都快死了～ 她作为女儿能这么做事吗？！	
姐姐明天还会来的……	父亲好像被死亡的恐怖包围了。

2017.10.25

爸爸今天找姐姐和妈妈了。发了好大的脾气，问她们为什么不来看自己，为什么不联系自己。可能爸爸是想说"他想她们了"，但忘记了该怎么表达。

26. 我的一天

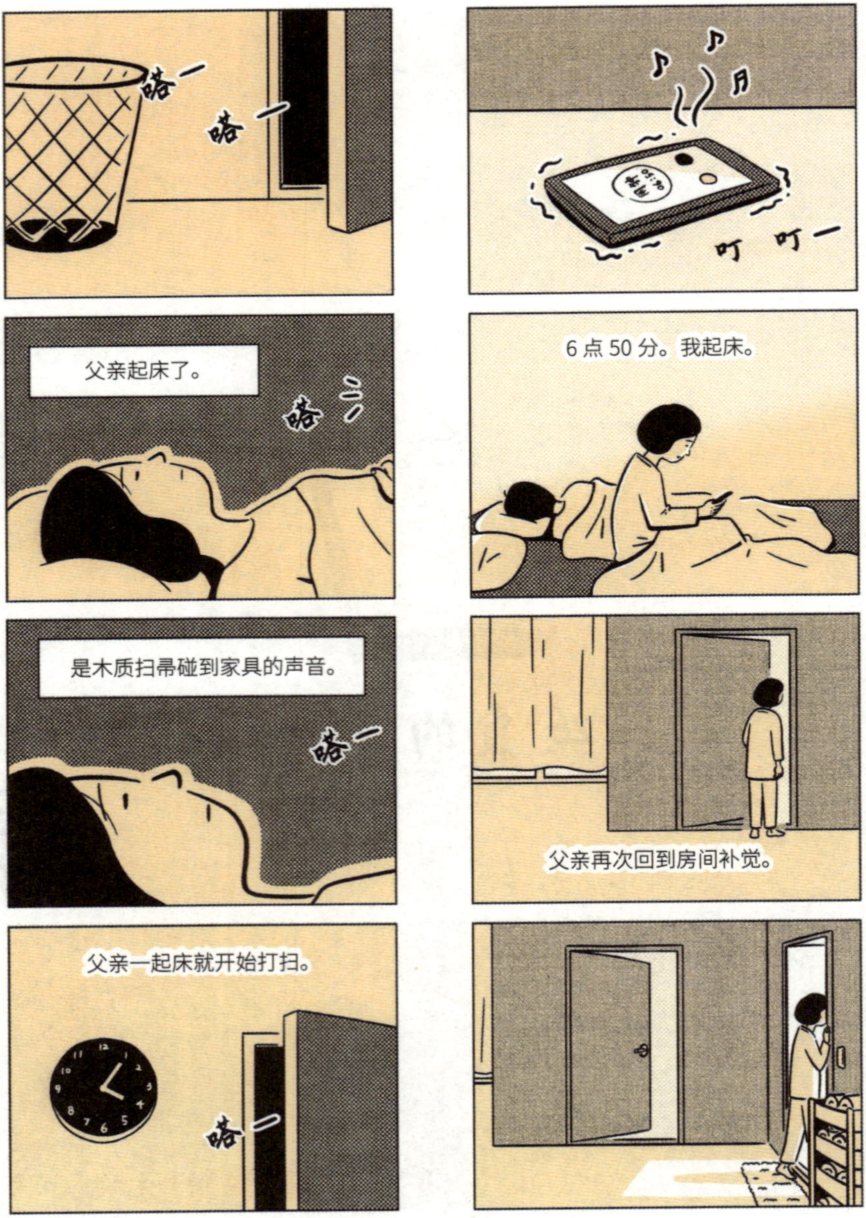

嗒—
嗒—
父亲起床了。
嗒—
是木质扫帚碰到家具的声音。
嗒—
父亲一起床就开始打扫。
嗒—
叮 叮—
6 点 50 分。我起床。
父亲再次回到房间补觉。

不知道从什么时候开始，我养成了自言自语的习惯。

希望今日能够过得顺利……

自言自语地祈祷着。

然后用冷水洗把脸，

让自己打起精神来。

嗞—嗞—

在父亲吃早饭的时候，	然后侍奉父亲吃完药后，
我会自己站在客厅的窗边放空一会儿，	我自己也开始吃早饭。
看看窗外红红的太阳升起来的模样。	我的早饭是一碗豆奶泡麦片和一块苹果，
这个过程一直持续到它完整地升起来，散发出的光芒让我感到刺眼为止。	还好我的胃口还在。好吃。 嚼嚼嚼—

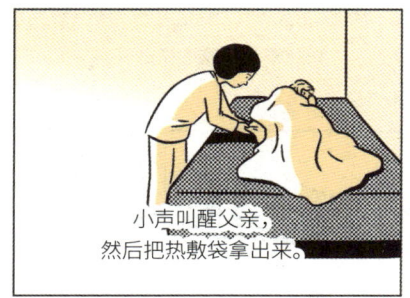

10点，爱睡懒觉的荣宇才起来。 "起来了呀？" "嗯，睡得太久了……"	然后自己开始工作。
我把热敷袋加热之后，	过30分钟后，
拿到父亲的房间。	去父亲的房间，
把热乎乎的热敷袋放到父亲的腰下面，	小声叫醒父亲，然后把热敷袋拿出来。

认真工作中	在我洗碗的时候，
到12点就准备午餐。 嗞—嗞—	荣宇会用吸尘器打扫地板， 呜嗡—
一起用餐后，	父亲会一边用扫帚清扫地面，
再侍奉父亲吃中午的药。	一边弄出嗒嗒的声音。 嗒—

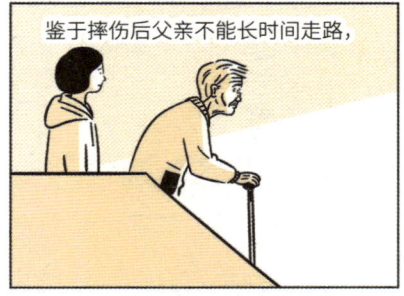

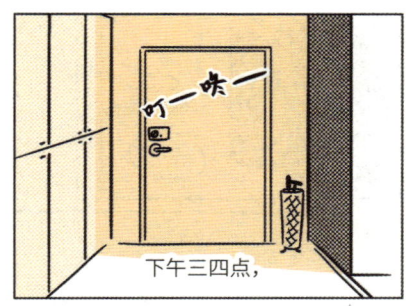

天气好的时候，就会跟父亲一起散步。 要一起出去走走吗？ 可以！	叮—咚— 下午三四点，
鉴于摔伤后父亲不能长时间走路，	姨妈！ 姐姐会带着外甥女们来我们家。
所以我们就只在小区里转一圈，	这个时候家里就会短暂地热闹起来。 姨～父～
这就是我们散步的范围。	孩子们总是活力四射。 爱公

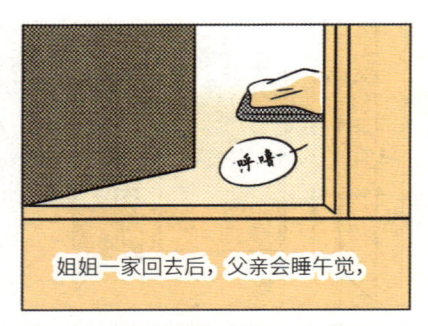

姐姐一家回去后，父亲会睡午觉，

一起吃完晚饭后，

我便趁这个时候再次投入到工作当中。

继续侍奉父亲吃药，

一晃就到了晚上6点。
《哲秀的音乐露营》即将出发！

去他的房间把电视打开。

我听着广播准备晚餐。

晚安~

不开电视的话，父亲就只会呆呆地坐在椅子上。

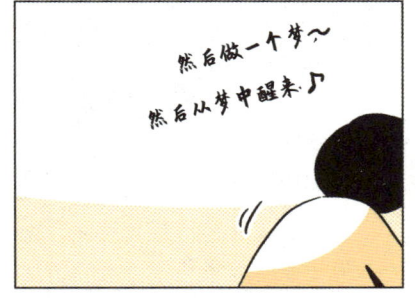

在荣宇洗碗的时候，

我会把被子铺好。

不过从几天前开始，

我发现自己会一边铺床，一边哼唱。

仔细听起来

♪ ♪
太阳落山之后，
～月亮就出来了

星星闪耀着光芒，
将奔向梦乡～♪

然后做一个梦～
然后从梦中醒来♪

是我之前没听过的歌。

到了晚上，我会再工作一会儿。

然后再写一会儿日记。

有时候会强忍着不让自己流出眼泪。

有时候又会忍不住泪流满面。

躺下来之后跟荣宇暖心地互道晚安。

今天也辛苦了。

晚安。

在父亲并不安稳的声音中，

渐渐睡去。

这是我的一天。

21. 礼物

嗡— 嗡—	哎，哎哟，没有的。
喂！我吃完晚饭正在休息呢。	我梦到一条蛇，特别漂亮，一点都不可怕。
有没有好消息？ 嗯？什么消息？	妈，胎梦这种东西，您都已经做了十几次了吧？哈哈。
昨天我做梦了，好像应该是胎梦。	这次又是谁的梦？ 不是，这次应该是真的……

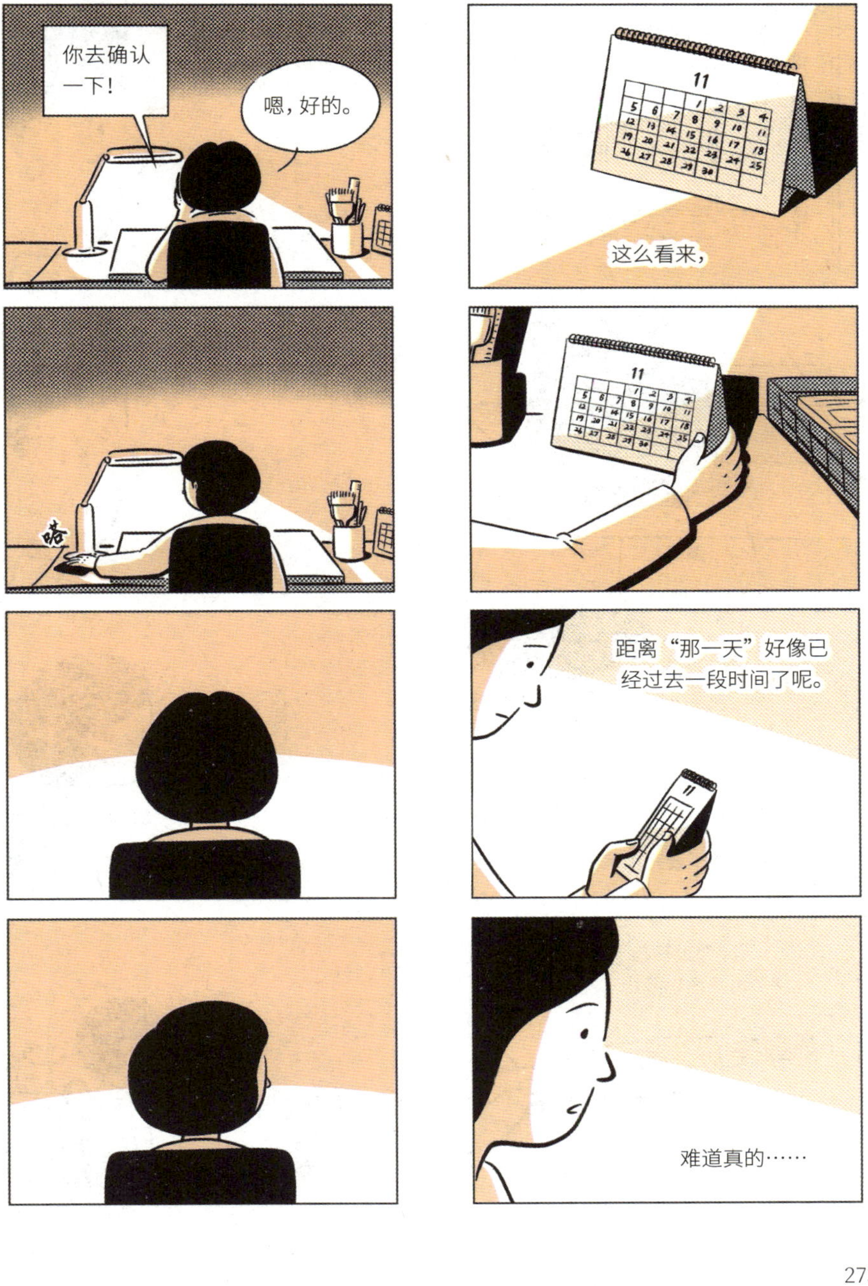

你去确认一下！
嗯，好的。
这么看来，
嗒
距离“那一天”好像已经过去一段时间了呢。
难道真的……

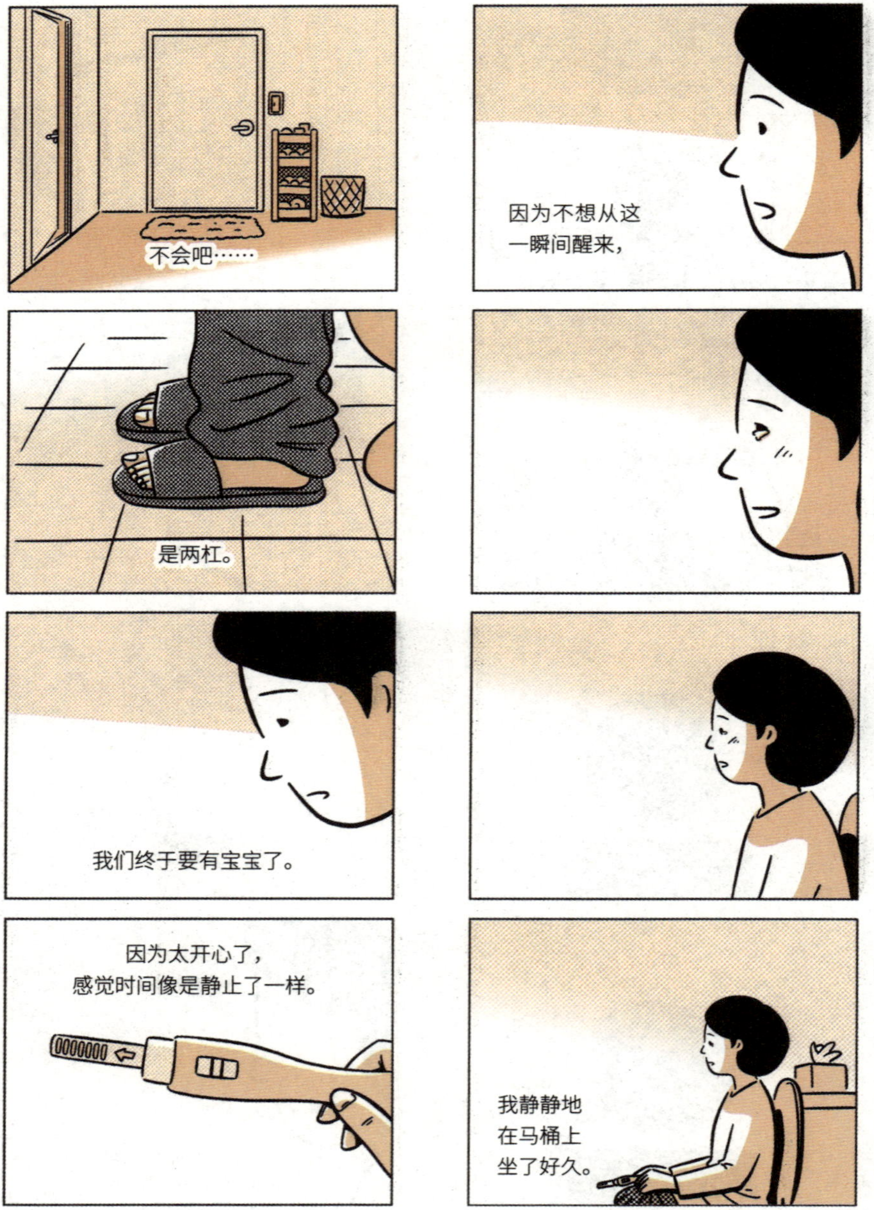
不会吧……
是两杠。
我们终于要有宝宝了。
因为太开心了，
感觉时间像是静止了一样。
因为不想从这
一瞬间醒来，
我静静地
在马桶上
坐了好久。

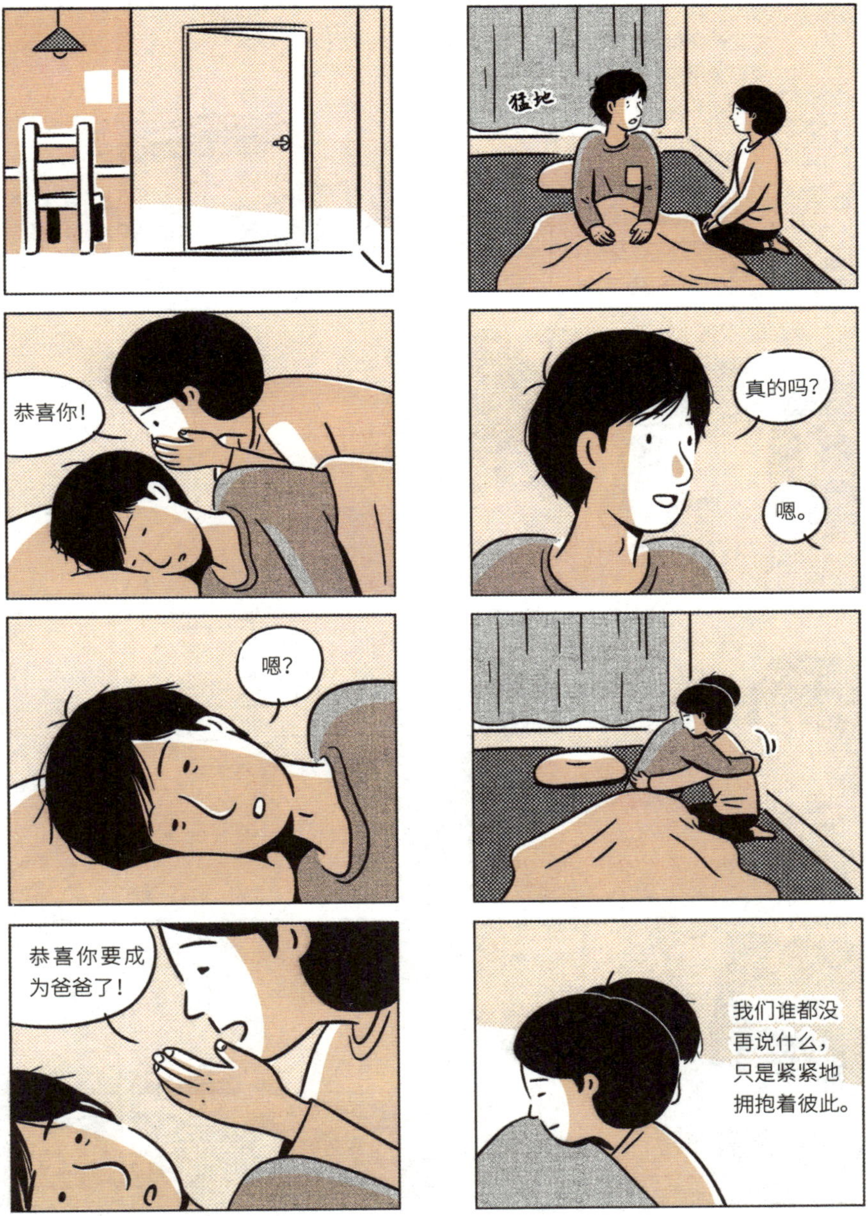
猛地
恭喜你！
真的吗？
嗯。
嗯？
恭喜你要成为爸爸了！
我们谁都没再说什么，只是紧紧地拥抱着彼此。

将父亲托付给姐姐后，
我跟荣宇去了妇产科。
妇产科
下次再来的话，您就能听见胎儿心跳的声音了。
妈！
我怀孕了。
太激动了，这一切发生得如此自然，
我就说嘛，肯定是的！
恭喜你！
却又像奇迹发生了一样令人感到惊奇不已。
我妈在祝贺我之后，立刻开始事无巨细地嘱咐我关于孕期内要注意的事情。

哔哔哔哔——
哔哩哩——
告诉咱妈了吗？
嗯，回来的路上刚打过电话。
确实是吗？
嗯。
我打算先看看爸的状况之后再告诉他这个消息。
好。
太好了！
恭喜！
这段时间，你一定不能受凉。
孕初期是最需要小心的时期，知道吧？
尤其是不要感冒。
多吃点肉补补身体。
这次是姐姐开启了事无巨细的叮嘱。

不能坐在地上。
但是什么时候告诉爸爸呢？
来，
等到父亲情绪稳定一些的时候再告诉他，会不会好一些？
嗯，我也觉得。
从今天开始，家务活儿我全包了，你就不要做了，好好躺着就好。
你说爸爸会开心吗？
当然了。岳父他肯定会开心的。
这待遇确实挺不错的～
希望真的如此。

几天后，

爸，我……

要有……宝宝了。

咚咚—

什么？孩子？

对，我怀孕了。

爸，您吃点儿水果吧。

你真的怀孕了？

是呢。

哎呀，真是天大的好事情啊！

父亲开心地大笑着。这爽朗的笑容是我之前从未见过的。

那天下午，初雪降临。

28 父亲的漫画

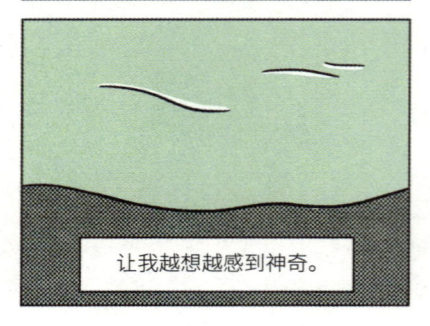

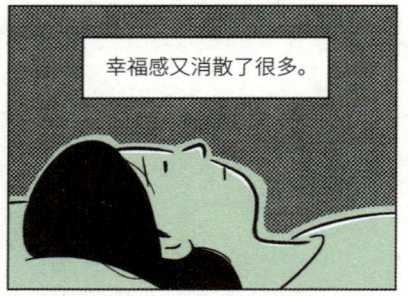

在得知自己怀孕之后，很长一段时间里，我都沉浸在这种幸福当中。

可是一想到父亲，

虽然身体还没有什么特别的变化，

幸福感又消散了很多。

但自己体内还有另一颗心脏在跳动的这一事实，

生孩子之后，照顾爸爸的时间会更少了，

因为这种想法，我的心情开始变得沉重了起来。

翻身

让我越想越感到神奇。

生了宝宝，就很难照顾爸爸了吧？
好……
也许……可能……
后面的事情到时候再说吧。
可能要比我们想得还要早一些送爸爸去疗养院了呢……
我决定先把自己的注意力放在当前能够去做的事情上。
吸溜溜一
也还有8个月左右的时间。
我们先申请等级审核，然后再去了解一下成人日托服务中心。
不过一想到与父亲的将来，经常会变得难过起来。

为了申请疗养等级审核，我们查询了相关流程。

叮—咚—

姐姐来了。

审核过程中需要医生的意见书，但距离医院的预约日期还有一段时间。

这是什么？

预约日期可以再早点吗？

想提前预约也已经晚了。

炖牛排骨，是昨天晚上做的。

看起来很好吃。谢谢！

我们只好推后申请了。

没办法。

爸爸呢？

在睡觉。

我也正和荣宇商量呢……
宝宝出生之后，确实照顾起来会有些难……
身体如何？
怀孕初期，孕妇会浑身没劲儿，特别累的。
目前打算等我们的等级申请下来之后，先去找一下成人日托服务中心看看，孩子出生之后再做决定……
嗯，我总是困。
有时间就睡一会儿吧。尽量躺着。
也行……
压力大的话对孩子不好，你先安心养胎吧。
肚子大了会更吃力的……
爸爸，要不要给他找一个疗养院呢？
嗯。

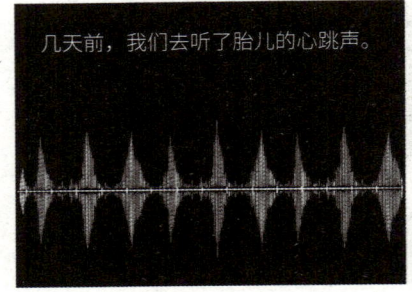

银杏叶全都掉落到了地上。

我的肚子才大了一点，却感觉重如千斤。

扑棱一

冬天到了。

几天前，我们去听了胎儿的心跳声。

白天变得短了，

去年秋天开始连载的漫画，

现在也快要收尾了。

井. 最终话

爸爸躺着的时间变得更长了。

现在只要把结尾部分上传上去，就真的结束了呢。
下一个作品要做什么呢？
你画画辛苦了。
要做上次提过的那个吗？
你比我要辛苦多了。
不做那个……
我，想做其他东西。
我们回想起了这段艰辛的时光，彼此安慰着对方。
什么呢？

我们，创作一部关于爸爸的漫画吧。
但是要构思故事情节的话，就需要再次回想起当时那些难过的日子呢……
岳父的故事吗？
嗯。
对你来说会不会太辛苦了？
没问题吗？
与患有老年性痴呆症的父亲一起生活的，我们的故事。
反正也不能老是憋在心里。
嗯……还不错。
这样发泄出来反而会更好一些吧……

最后一个场景我都想好了。
爸爸开心地大笑着，与此同时窗外下着初雪……
最后一个场景你已经想好了？
棒啊！
每一次的创作我都很神奇地先从大结局入手……
说说看。
我们决定创作
我跟爸爸说我怀孕的那一刻。就是那个场景。
我们与父亲的故事。

我拿出来新的笔记本，

翻开了第一张。

然后，写下了题目。

29、感冒

咳 咳 咳	每次因咳嗽而肚子抖动的时候 —咳咳—
咳 我感冒了。	我就很担心肚子里的孩子。
咳 咳	我试过所有能够缓解咳嗽的东西，
鉴于咳嗽得很严重， 所以我跟荣宇分开睡了。 咳 咳	咳嗽却越来越严重了。 咳 咳

父亲受伤的地方时好时坏,

哎哟哎哟~

咚咚

父亲并没有在说梦话,而是坐了起来。

老年性痴呆症也变得越来越严重。

他向某个人挥着手说:

几天前的凌晨,父亲的房间里照常传出了他说话的声音。

您站得腿都累了吧,别站那儿了。去那里坐一会儿吧。

我上厕所的时候,顺便去父亲的房间确认了一下情况,

但是,父亲的房间里并没有其他人。

每次我咳嗽的时候，
父亲都很紧张。
咳
咳
我先去之前
的妇产科。
您别担心。
你这么咳嗽
怎么行呢？
有了孩子又
不能吃药。
一定要去个值得信赖的
地方！不要被骗了！
我今天去
医院看看。
好的，岳父。
我会小心谨
慎的。别担心。
去个好一些的医院，
不然骗子太多了！
父亲的疑虑与
担心没那么容易消除的。

最终，我还是在产科
接受了输液治疗。
爸爸每次这样的时候，我的压力就更大了。
胎儿的状况很好的。
(上天保佑) 多亏我没事儿。
想想孩子，岳父说的话你不用往心里去。
嗯……
因为你感冒的原因，岳父好像很担心你。
嗯。
有可能是激素的原因，我越发敏感了。

咳 咳
孩子很健康。没事的。
都去医院看过医生了，怎么还这样？
话说得简单，
你也不该全信他们！
根本……
已经输过液了，很快就好了。
一群骗子！
无法……
什么医院连个感冒都治不好？
再这样下去，孩子要是有个什么好歹怎么办！
别说了！
忍受。

又不是什么大病，就个感冒而已，您为什么一直啰嗦！ 无法抑制地……	岳父，您先回房间吧。
比起感冒，爸爸你更让我辛苦！ 吐出了……	胜雅因为有孕在身，难免有些敏感，您就谅解她一下吧。
我求求您别再担心这些有的没的啦！ 一大堆难听的话。	唯—

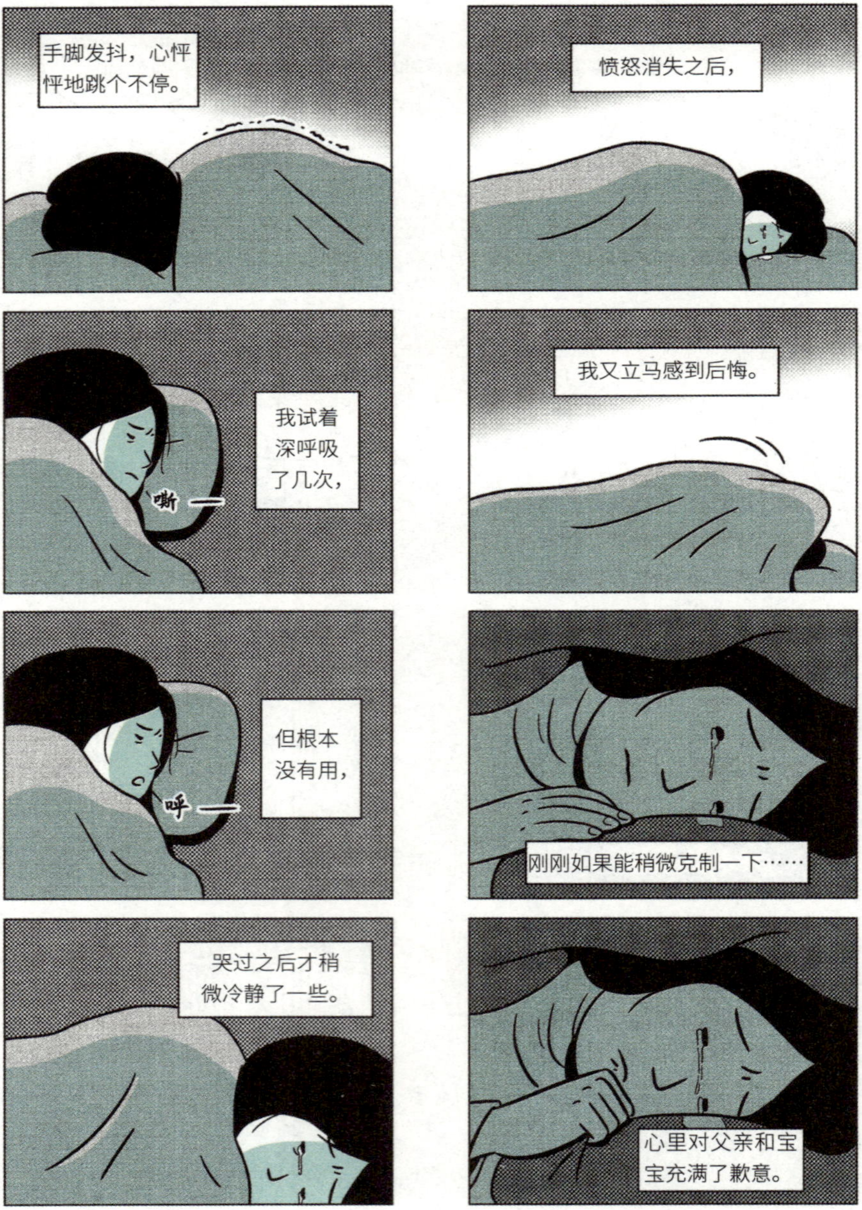
手脚发抖，心怦怦地跳个不停。
我试着深呼吸了几次，
嘶——
但根本没有用，
呼——
哭过之后才稍微冷静了一些。
愤怒消失之后，
我又立马感到后悔。
刚刚如果能稍微克制一下……
心里对父亲和宝宝充满了歉意。

咚咚—
下次你就先去其他房间待一会儿。
你刚刚那么大喊大叫的，对岳父和孩子都不好。
没事吧？
我也知道……
但是，我忍不住。
嗯。
你别哭啊……
对不起嘛……

我不是在怪你……
我知道……
对不起。
你不用跟我道歉，该道歉的……是我才对……
不管怎样，我身边还有一个能够安慰我的人……
但是父亲现在一个人在想些什么呢……我为什么要那样子呢？内心感到一阵痛苦袭来。

30. 妈妈是爱哭鬼

宝宝现在已经发育出了四肢，越来越有小孩子的样子了。	现在有些恶心，吃不下去。
我肚子大了不少，越来越有"孕"味了。	想要孩子长得好就要多吃呢。
幸好我的感冒好了， 咕咚	好的，我待会儿会吃的。
但这次开始了孕吐。 呼—	难关是一关接着一关啊。

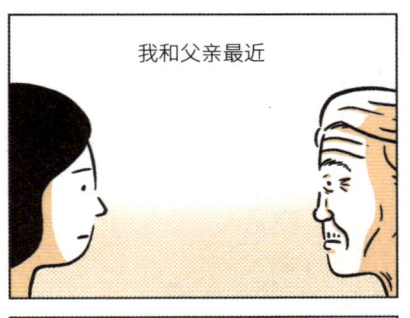

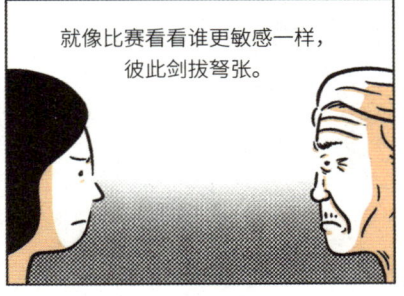

我和父亲最近	每当这个时候荣宇都会跟我使眼色。 胜雅!
就像比赛看看谁更敏感一样,彼此剑拔弩张。	听到他的声音,我会一下子回过神来,
父亲越来越频繁地表现出不安或者生气的样子。	结束对话, 那就,随便您好了。
我也经常因为无法忍受这样的父亲而大喊大叫。	从父亲的房间出来。

你去哪儿？天很冷呢。	虽然冷，
有点闷，想出去逛一圈。	但我感到自己好像活过来了。
多穿点，帽子也戴上吧。 嗯。	怎样才能不再跟父亲吵架了呢……
别待太久。 会很快回来的。	我边走边想着。

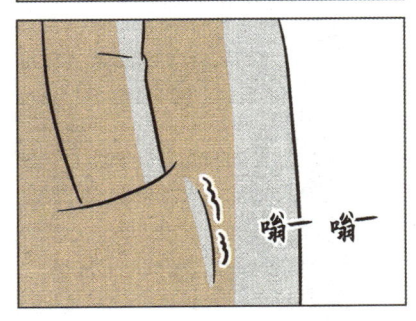

我听说跟老人说话的时候，	好的，我知道了。
最好先说一句。	好的，我知道了。
好的，我知道了。	嗡— 嗡—
我决定反复念到自己熟悉。 好的，我知道了。	几天前，我申请了等级批准，他们说要来审核。 喂。

健康保险工团派来了负责人员。

叮—咚—

工作人员问了一些父亲以及我这个监护人的情况。

你好！

请进。

我非常仔细地进行了回答。

在见到你们家老人之前，我先问您一些事情。

好。

我父亲在这个房间里。

您好。

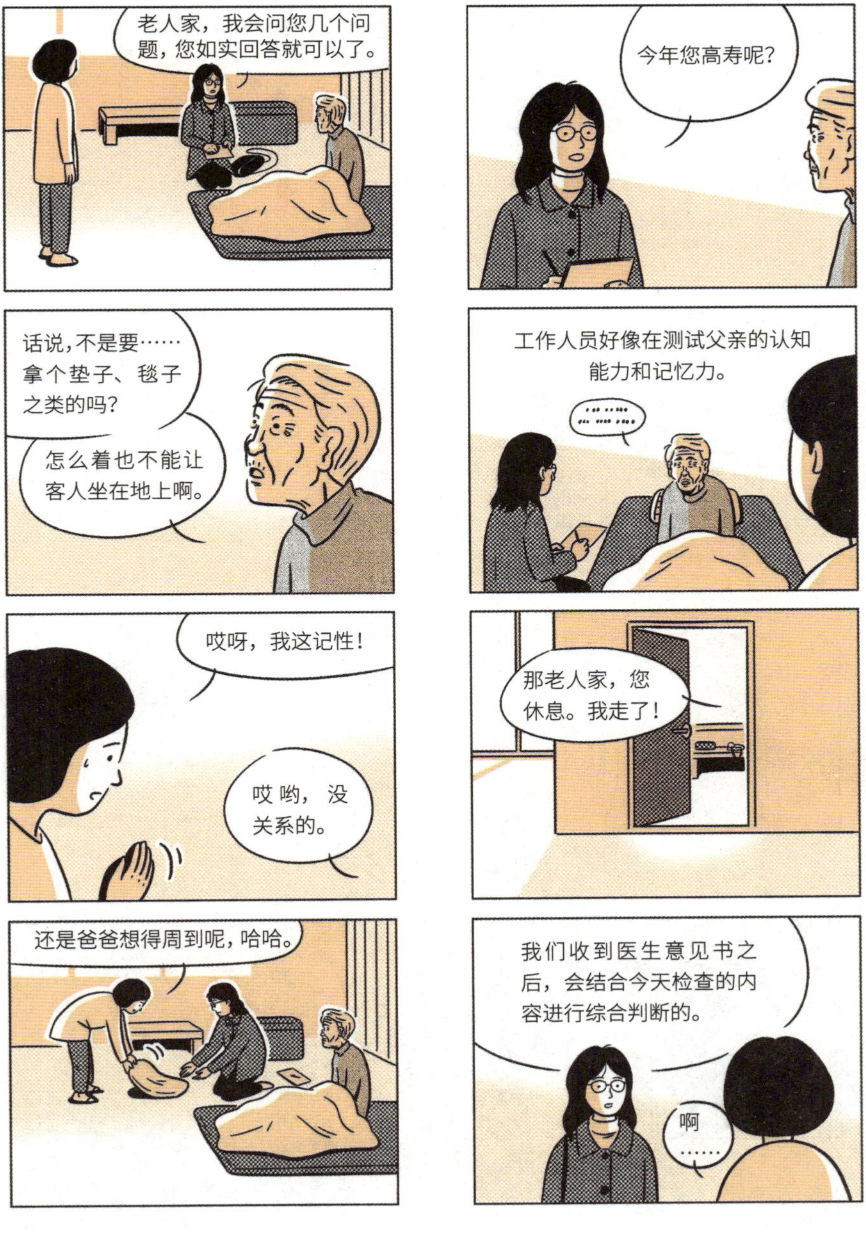
老人家，我会问您几个问题，您如实回答就可以了。
今年您高寿呢？
话说，不是要……拿个垫子、毯子之类的吗？
怎么着也不能让客人坐在地上啊。
工作人员好像在测试父亲的认知能力和记忆力。
哎呀，我这记性！
哎哟，没关系的。
那老人家，您休息。我走了！
还是爸爸想得周到呢，哈哈。
我们收到医生意见书之后，会结合今天检查的内容进行综合判断的。
啊……

辛苦您了。
咔嗒—
丁零零—
丁零零—
啊—啊—
嗯，好久不见！
这个冬天怎么过的呢？
嗒！
我吗？跟小女儿住。
好什么啊。
你知道我在这里过的是什么日子吗？
嗨哟，别提了。

瞪着眼睛顶撞我啊， 她完全疯了。	大家都说， 对老年性痴呆症患者所说的话
小菜也不怎么样……	咔哒 不要那么在意，
不知道这样活下去有什么用。	但有时候……
这些应该是父亲的真心话。 突然有些沮丧。 也没有生气。 就是……有些难过。	我会想，这会不会是父亲发自内心想说的话呢……

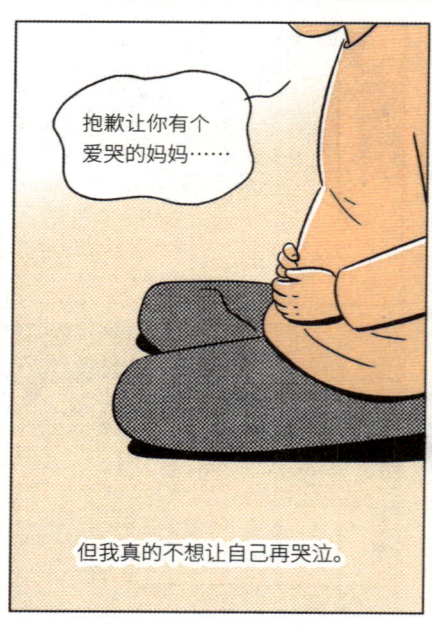

我到底做错了什么……
虽然比不过爸爸所给我的爱，
但我也是尽力了的……
眼泪又涌出来了。

虽然在照顾父亲这方面没有事事做到最好，

抱歉让你有个爱哭的妈妈……

呜 呜

但我真的不想让自己再哭泣。

31. 圣诞节的恶梦

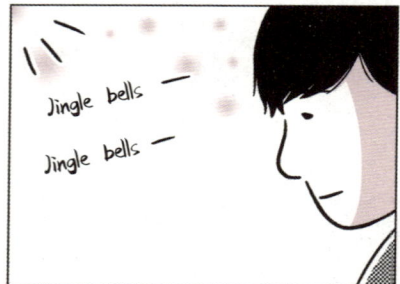

Jingle bells —
Jingle bells —

选好了请跟我说。

呃……您给我拿个芝士蛋糕吧。

当啷—

您已经不能一个人住了。
哪里不能一个人住！
我喝粥还是吃饭，我自己看着办，你别跟我废话！快拿钱出来！
我们哪儿有那个钱呢？
哔哔哔哔哔哩哩
在这跟我们生活更方便，还干吗出去找罪受呢。
那是你的事情，反正你要给我钱，
我不是才能出去找房子吗！
我再也受不了你了，赶快去准备钱吧！

您到底哪里有这么多不满意啊？！
到底还要我怎么样啊？！
我连一天都住不下去了！
呼——
哪个子女敢这么跟父母大喊大叫地顶撞啊？！
快给我准备找房子的钱！拿到了我就走！
你先出来……
岳父，请您冷静点。
没有钱，有了也不给您！您就待这儿吧！
天都这么冷了，您现在出去肯定会遭罪的……
不用跟我解释。快拿钱出来！我要走了！

你忍不住就躲开啊。
你现在是双身子，你在那儿大喊大叫的，出了事情怎么办？
又没忍住。
呼—
得考虑肚子里的孩子嘛！
你怎么像个傻瓜一样，那么倔？！
沙—
沙—
对不起。
你到底怎么回事啊？

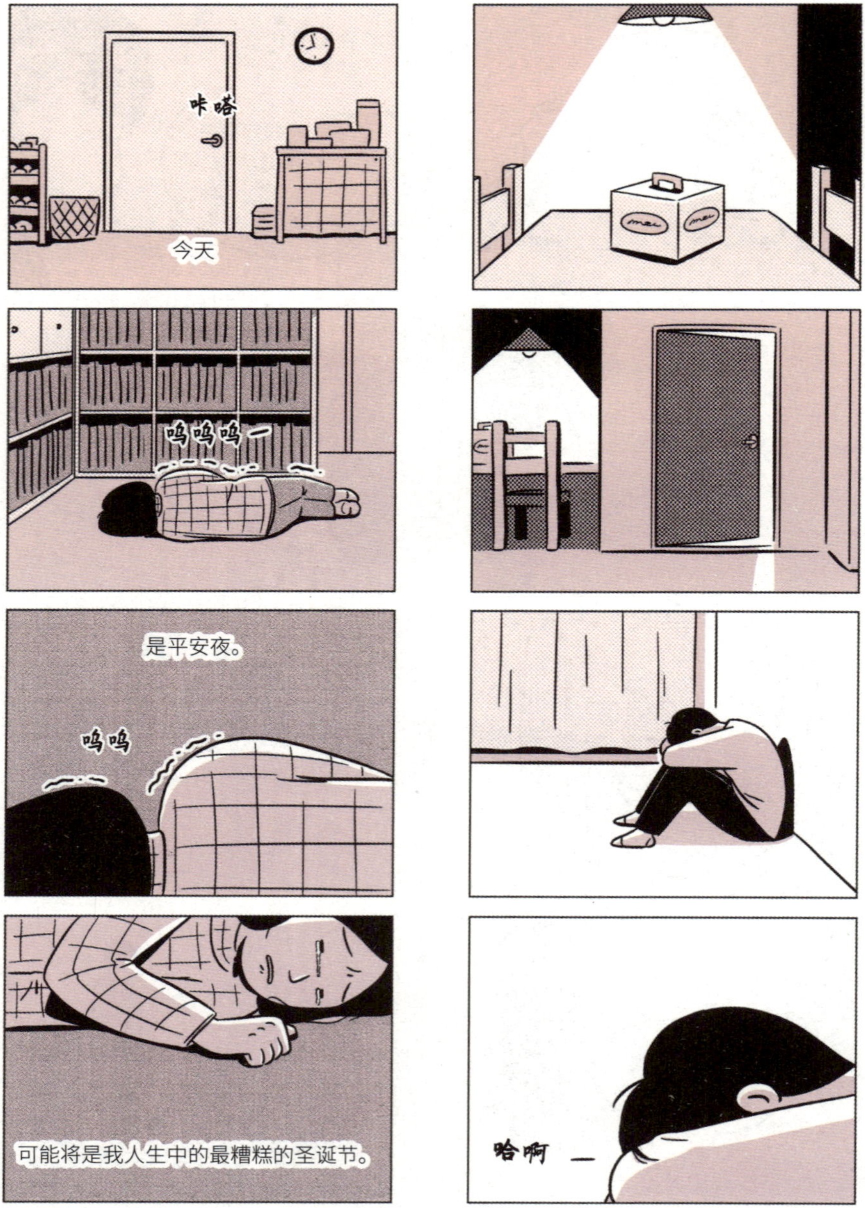
咔嗒
今天
呜呜呜—
是平安夜。
呜呜
可能将是我人生中的最糟糕的圣诞节。
哈啊—

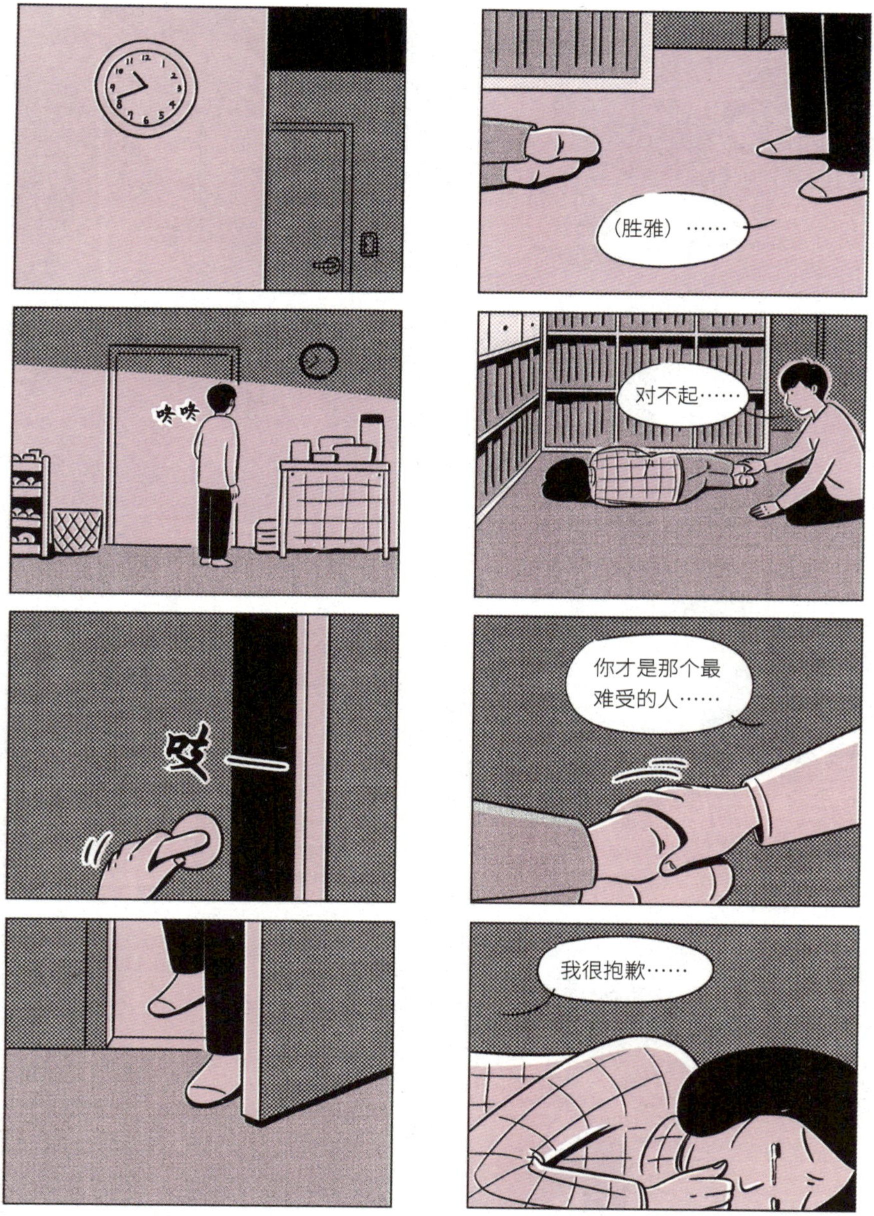
咚咚
吱
(胜雅)……
对不起……
你才是那个最
难受的人……
我很抱歉……

我买了个
芝士蛋糕。
你都没好
好吃晚饭
嘛……
要不尝一
尝蛋糕？
嗯，好吧。
我饿了……
我拿过来，
你等一下。
吱
Merry Christmas
希望我能够
顺利生下一个
健康的小宝
宝……
我祈祷着。
呼—

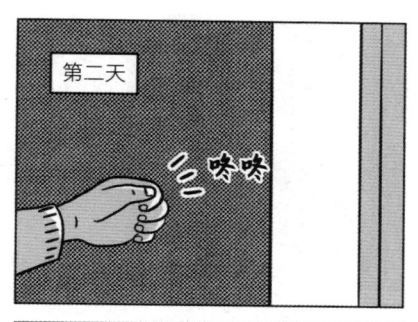

第二天 咚咚	好,我会给您的。 您再给我点时间。 即使是谎言,
来吃早饭吧。	那个……等我生完孩子吧。到那个时候我一定给您。 我也决定先让父亲放下心来。
你到底什么时候给我钱?	到预产期还有那么长时间,你在说什么?! 尽快拿出来!
确定下时间!	那您,给我三个月的时间。到时候我一定给您。

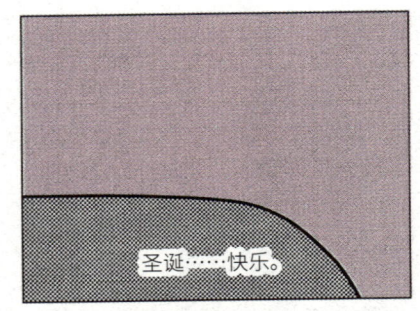

我退后一步，给你三个月的时间，	爸爸，
到时候一定要给我！ 好……	即使这样，我也祝您……
父亲在得到我的保证之后，	圣诞……快乐。
才出来吃了早餐。	

32、荣宇的一天

吱—	荣宇的早餐也很简单。一碗牛奶麦片和一块苹果。
	荣宇会在吃饭的时候看一会儿时事新闻。
	如果看到什么有意思的故事就会分享给我。 你看看这个。
荣宇起床了。	我也会因此而开心一会儿。 嘻嘻嘻—

(早上)10点钟,

一直工作到下午。

咖啡的馨香弥漫开来,

下午会陪父亲去医院,

荣宇也开始投入到自己的工作之中。

或者陪我去妇产科,

也会经常陪小外甥女们玩耍,因此他要在上午尽量完成工作。

我怀孕之后，荣宇比以前更忙了。
嗒 嗒
像是打扫厕所这种味道
大的家务活儿也全包了。
要帮我做饭。
嗒嗒一
嗞一嗞一
再加上最近
我和父亲之间的
关系很紧张，
本来很瘦的荣宇
变得更瘦了。
还要清理厨余垃圾，
沙沙一
我既有些担心，又感到有些抱歉。
荣宇。
沙
沙一
唰唰唰一
唰唰一
下午你要不在
咖啡厅办公？
还可以喝杯咖啡。

荣宇可能是因为放心不下我，所以每次都拒绝我的提议。
去什么咖啡厅……还是家里方便。
路上小心。
嗯，到时候发消息。
虽然很感谢荣宇如此对我，但同时对荣宇也更加感到抱歉。
荣宇回首尔看望一下婆婆，顺便也见见朋友们。
搬过来之前，在安山的时候，每到周末，荣宇都会有两天一夜的自由时间。
然而，来到清州后，一个月都难得出去一次。
岳父，我去趟首尔。
好，路上小心！
好的，您好好休息！
再加上我怀孕之后，他更没有自由的时间了。
沙—
沙—

荣宇的父亲，	有一次我因为跟父亲吵架而陷入自责的时候，
在荣宇十九岁时就已经去世了。	每次都下定决心不要再跟父亲吵起来了……但每次都忍不住。就只会一味地后悔为什么每次都这样……
生前很长一段时间，他的父亲一直卧病在床，	哪儿那么容易呢。 在我读高一的时候…… 荣宇说出了心里话。
荣宇和家人经历了一段艰辛的时间。	当时我父亲很不舒服，每次从医院治疗回来就会变得非常敏感。

有一天，大家在吃饭的时候，父亲嫌弃饭菜不可口。
当时妈妈忙着赚钱养家，特别辛苦。
爸爸还不断地吐槽，我就特别生气……
所以我大声地说了一句“行了，就这样吃吧。”
父亲听我说完之后，给了我一巴掌。确实该打……
不过那个时候，父亲的脸色特别不好。
虽然也有可能是身体的原因，但是看起来，憔悴中带有一些难过……
回想起来我很后悔。
当时忍住就好了……
虽然都是过去的事……
那一天，
我安慰了荣宇，
同时也从他那里得到了安慰。

晚饭后洗完碗，

荣宇会吃些巧克力、曲奇等甜品补充能量，

然后继续工作，直到睡觉。

当一个项目结束，闲下来的时候。

呃啊—

辛苦了！

要看电影吗？

好啊

我们会一起坐下来，

看一部电影或者电视剧。

这电影还可以。
不错！
然后临睡前，
这种电影得到电影院看呢……
你想到胎名了吗？
还会再随便聊一会儿天。
确实。
很久没去电影院了。
你有想过宝宝的胎名吗？
我们去年去过吗？
去年？好像没有。
是吗？我都记不起什么时候去过了……
还没，叫什么好呢？
阳阳怎么样？阳阳？

就是给世界带来光明的意思。
很好啊!
现在成为爸爸的荣宇,
谢谢你选择当爸爸妈妈的宝宝哦。
阳阳～!
晚安!
跟宝宝道完晚安之后才会慢慢睡去。

弭、以父亲之名

我们陪爸爸去了首尔的医院。	这，这次有开新的药吗？ 没有，都是之前的药。
得到医生意见书后，	我父亲疑心和生气的症状变得更严重了……
还拿了三个月的药。 你们三个月之后再来复查一次吧。	您父亲目前的体重状况不适合再吃其他的药了呢。 好……我很心疼日渐衰老的父亲，
那个，大夫。	也察觉此后的药效会不够理想，突然有种眼前一片漆黑的感觉。

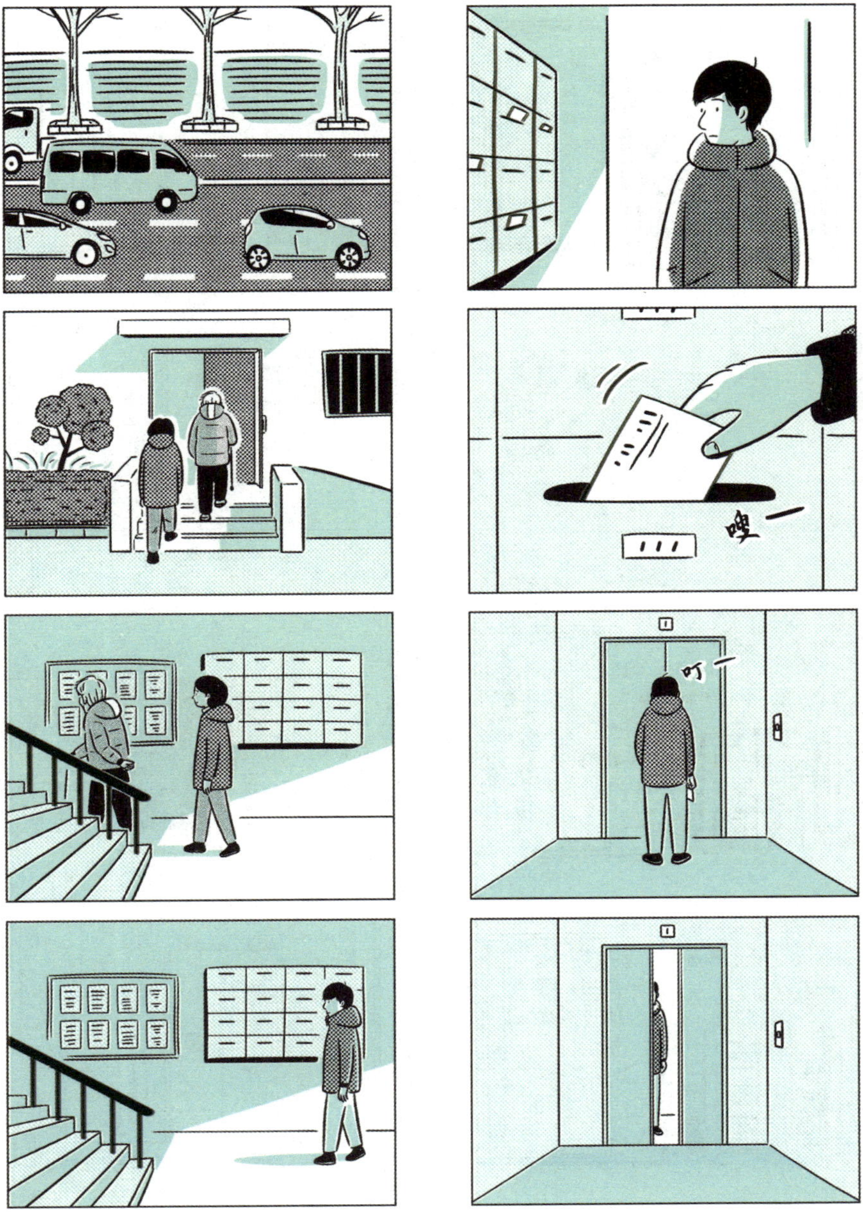
嗖—
叮—

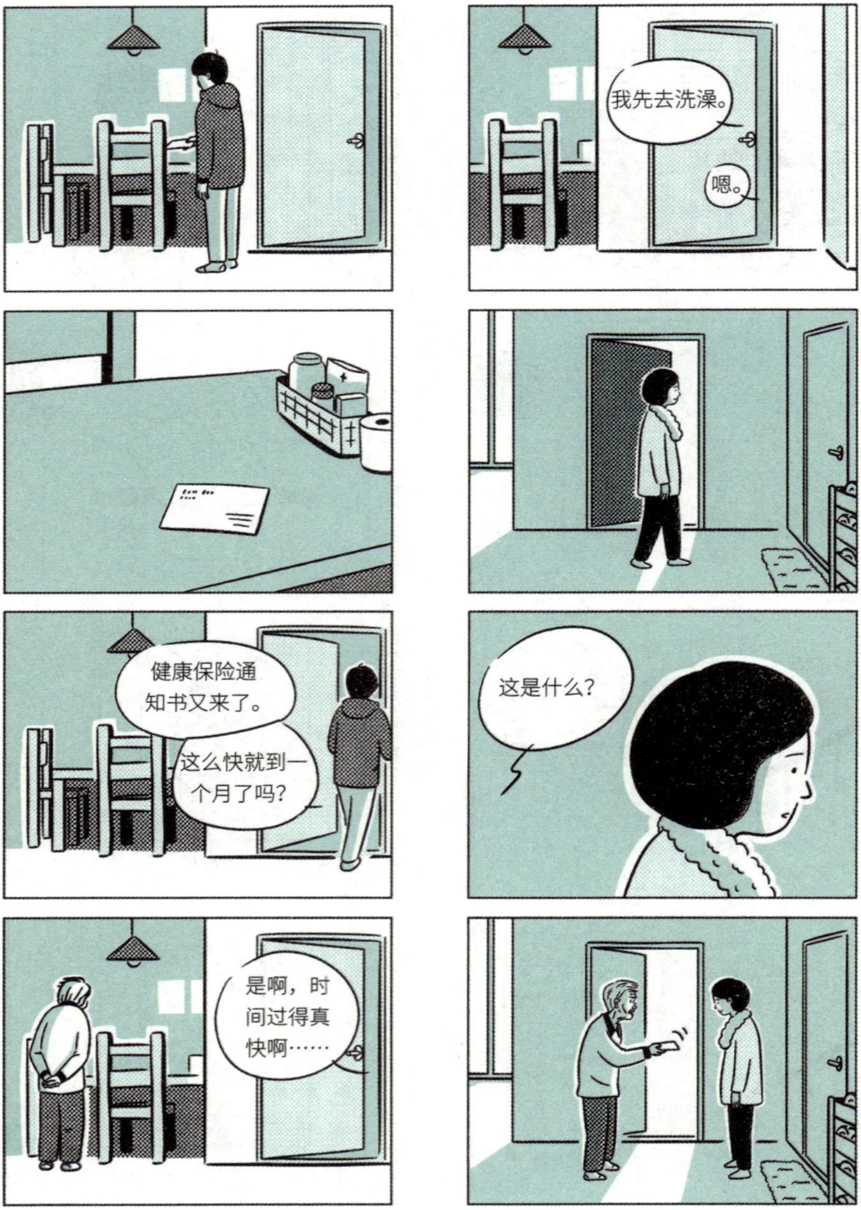
我先去洗澡。
嗯。
健康保险通知书又来了。
这么快就到一个月了吗？
这是什么？
是啊，时间过得真快啊……

父亲手里拿着荣宇刚刚带回来的通知书。
这上面为什么有我的名字？
我们一次都没有拖欠过，所以您不用担心……
您不是咱们家的户主嘛。所以这上面才会有您的名字。
我怎么信啊？
以后不会要让我出所有的钱吧？
我打开看了一下，上面说是要付钱的。
所以为什么是我的名字？！
真的要窒息了。
啊哎
只是用了您的名字而已，费用是从我们账户上扣除的。
一直都是这样的。
岳父，您听我说。

荣宇搀扶着父亲，仔细说明了情况。

行，也只能这样了。

所以最后不是还要花我的钱嘛！

但是，事情还是回到了原点。

以后不会再有这样的事情了。

咱们去户籍科变更一下户主就可以了。

干脆把户主名换成我吧！

这样不就行了。

给我清清楚楚地弄好！别想着骗我！

好。

哗哗
累了吧?
好累……
我怕你和肚子里的宝宝会很累……
这才是我最担心的……
我会照顾好自己的，也会调整好心态。
你不用太担心。
岳父的症状好像越来越严重了。我很担心……
是啊……
嗯，咱们再加把劲吧。

××居民中心

第二天，

呼呼呼呼
呼哩哩～

我想变更户主名。

咔嗒—

以后不会再出现您的名字了，已经换成荣宇的名字了。

所以您别担心了，好好休息吧。

你的电话，是姐姐打来的。	・・・ ・・・ ・・・
从医院回来了吗？ 嗯。	知道了…… 嗯。
爸爸呢？怎么样？	跟姐姐倾诉了一番之后，
又吵了一架！ 咔哒	心情好多了。

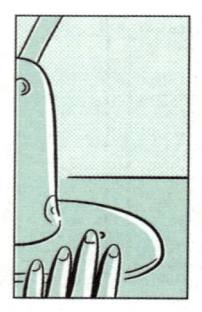

今天去办理户主变更了。之前我们家的户主一直是父亲。虽然父亲的身体越来越差，但我还是希望父亲能作为我们家的代表。但是父亲的病情却越来越严重了。

为了让荣宇安心一些，我对他说我能坚持下去的，会好好照顾自己，不论是身体还是情绪。

但其实，我对此并没有信心。现在的我就像一只怀孕的母猫一样敏感，宝宝会好好的吗……我能坚持下去吗……每一天，每个瞬间，我都悬着一颗心。

34. 刺

今天是父亲的生日。

姐姐说我怀孕的时候不方便做饭，

所以她带来了一包自己做的生日宴。

做了好多啊。
早知道就带爸爸去姐姐家了……

岳父，您身体还好吗？

没有，再怎么着也应该是我们过来才对。

谁呀？

是我，您大女婿。

啊……

我马上就要搬出去住了！

您还要到哪里住呐?

我再也没办法和她住在一个家里了!

你们都知道她做了些什么吗?……嗨哟!

这个世界哪儿还有像妻妹那样善良的女儿啊。

善良个屁!

您又怎么了?

你来得正好!

哎,你知道前几天他们带我去户籍科干什么了吗?

让我把身份证和公章都拿出来,这是想跟我玩花招呢!

哎哟,爸……那是进行户主变更呢。

您不都同意了吗?!

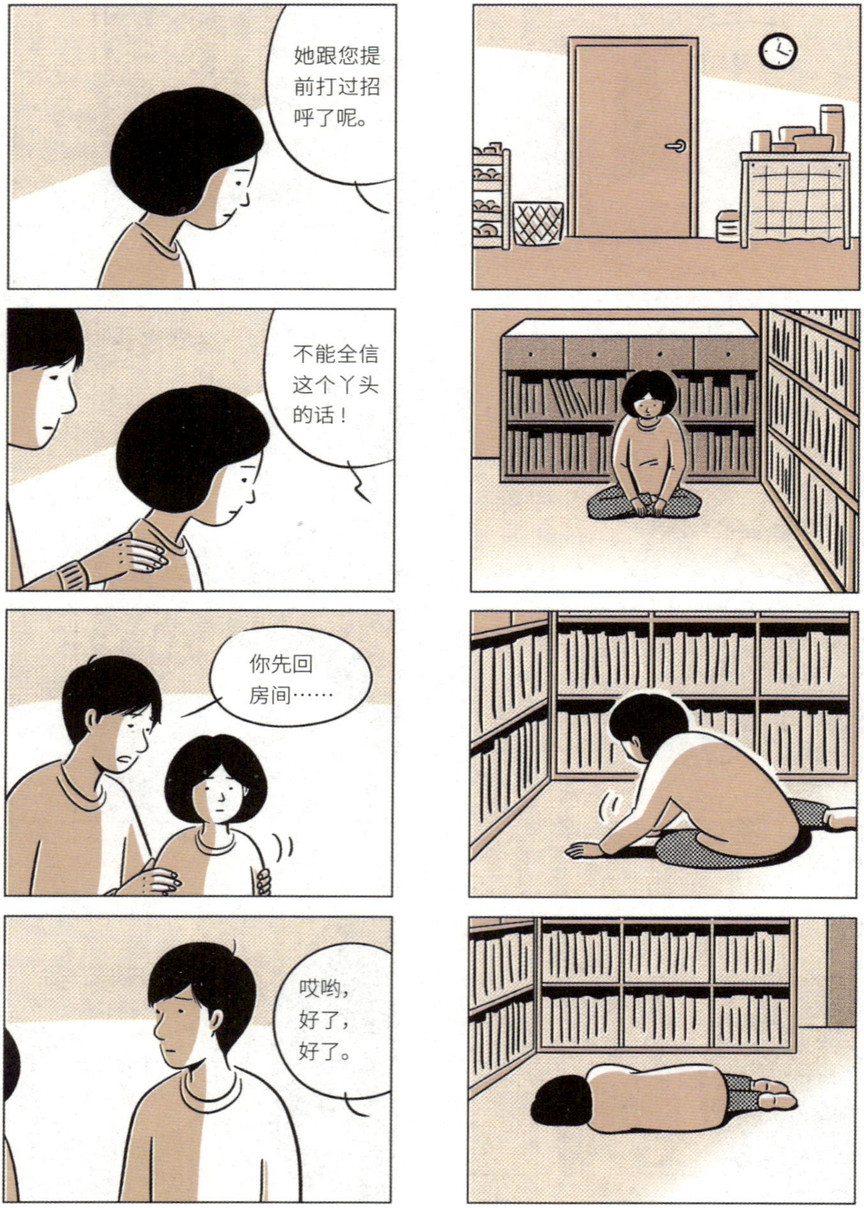
她跟您提前打过招呼了呢。
不能全信这个丫头的话！
你先回房间……
哎哟，好了，好了。

今天

是个好日子，

但我却笑不出来。

我们走了！

嗯。

路上小心！

喀嗒
丁零零
丁零零
大女儿有两个女孩，小女儿刚怀孕了。
她到夏天才生产，嗨哟，别提了！
嗯，好的好的。谢谢啊！
她丈夫的父亲嘛……

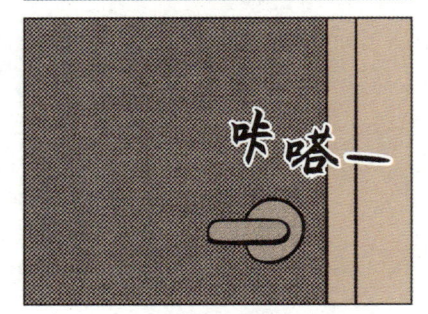

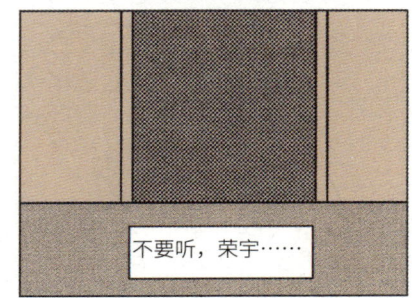

听说因为患病很早就去世了。

不知道是什么病……

不行。

很多毛病不都遗传嘛。

说不定这孩子的身上也有些什么毛病呢。

咔嗒—

鼻子歪斜，嘴巴不正之类的……

不要听，荣宇……

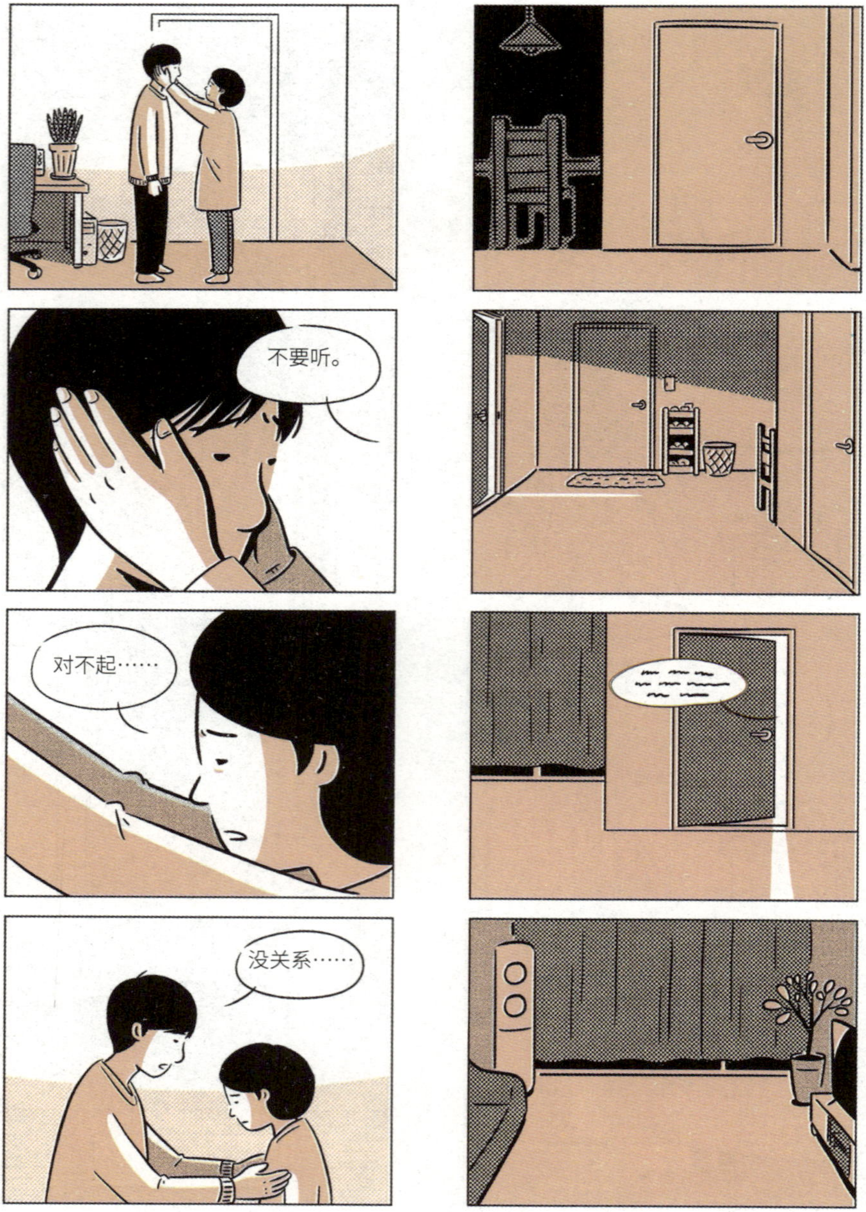
不要听。
对不起……
没关系……

荣宇……
虽然理智上能理解，但听到的那一瞬间，还是会让我们感到很受伤啊……
刚才，你肯定很难过吧？
嗯，心情是会有些不好……
岳父他不是生病了嘛。
也不是故意那样说的……
之前爸爸只对我那个样子，
现在好像也开始对你说一些难听的话了……
但是……话不是这样说的。
不用太担心我了。
没有你想的那么严重。

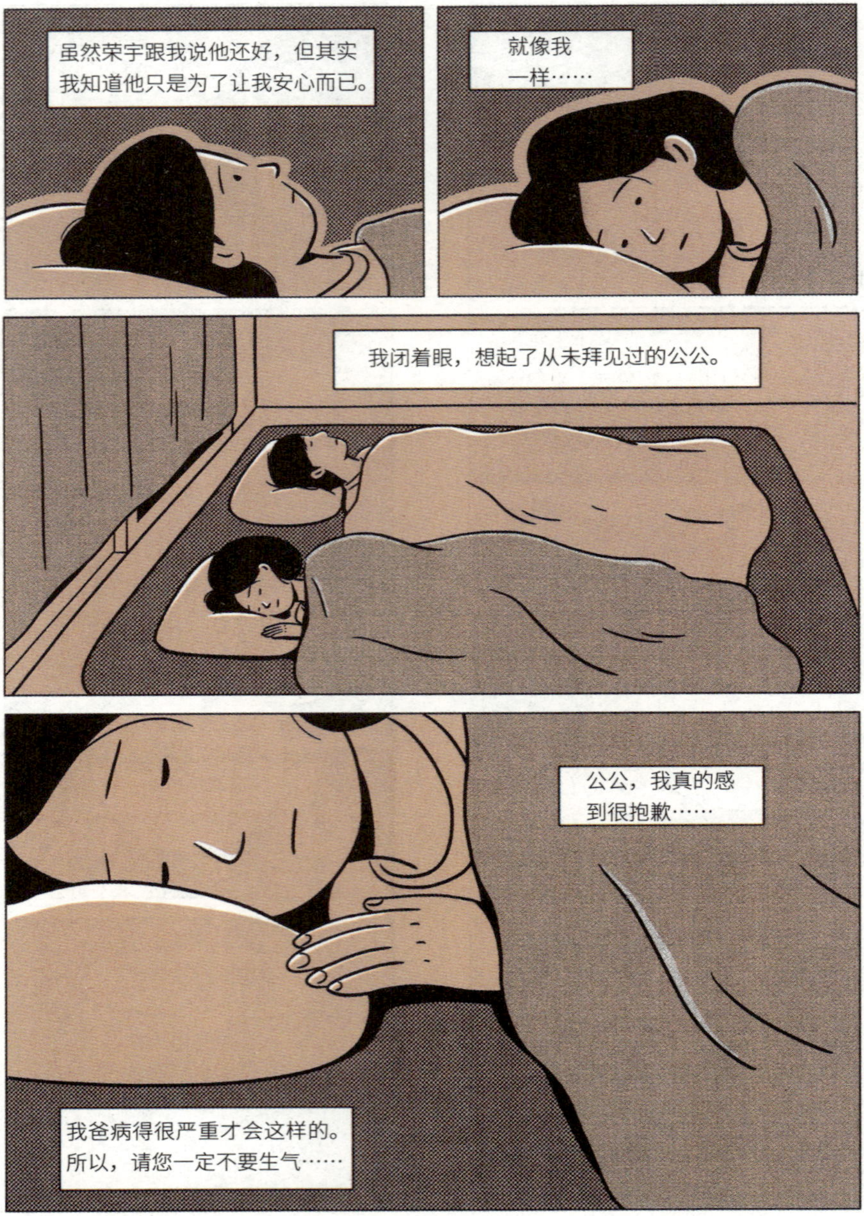
虽然荣宇跟我说他还好，但其实
我知道他只是为了让我安心而已。
就像我
一样……
我闭着眼，想起了从未拜见过的公公。
公公，我真的感
到很抱歉……
我爸病得很严重才会这样的。
所以，请您一定不要生气……

35. 隧道

我做了一个梦。

我在一辆不知道驶向何方的列车上。

但是,我身边坐了好多奇怪的人,

我因为心情很糟糕,所以中途就下车了。

我沿着铁轨一直走。

远远地就看到远处有一个隧道。一想到要进到隧道里面，我就感到一阵恐惧。

但是我必须要穿过隧道才行。于是，我朝着幽黑的隧道走去。

走着走着，我便从梦中醒了过来。

真是个奇怪的梦。

父亲已经起来了,
在用扫帚清扫着自己的房间。

突然心情变得有些微妙。

你过来一下。

这么晚了，父亲要跟我说什么呢……
身体怎么样了？
胃口好了不少，您放心吧。
咔嗒
嗯，还是要好好吃饭！
好。
您说。
钱准备得怎么样了？

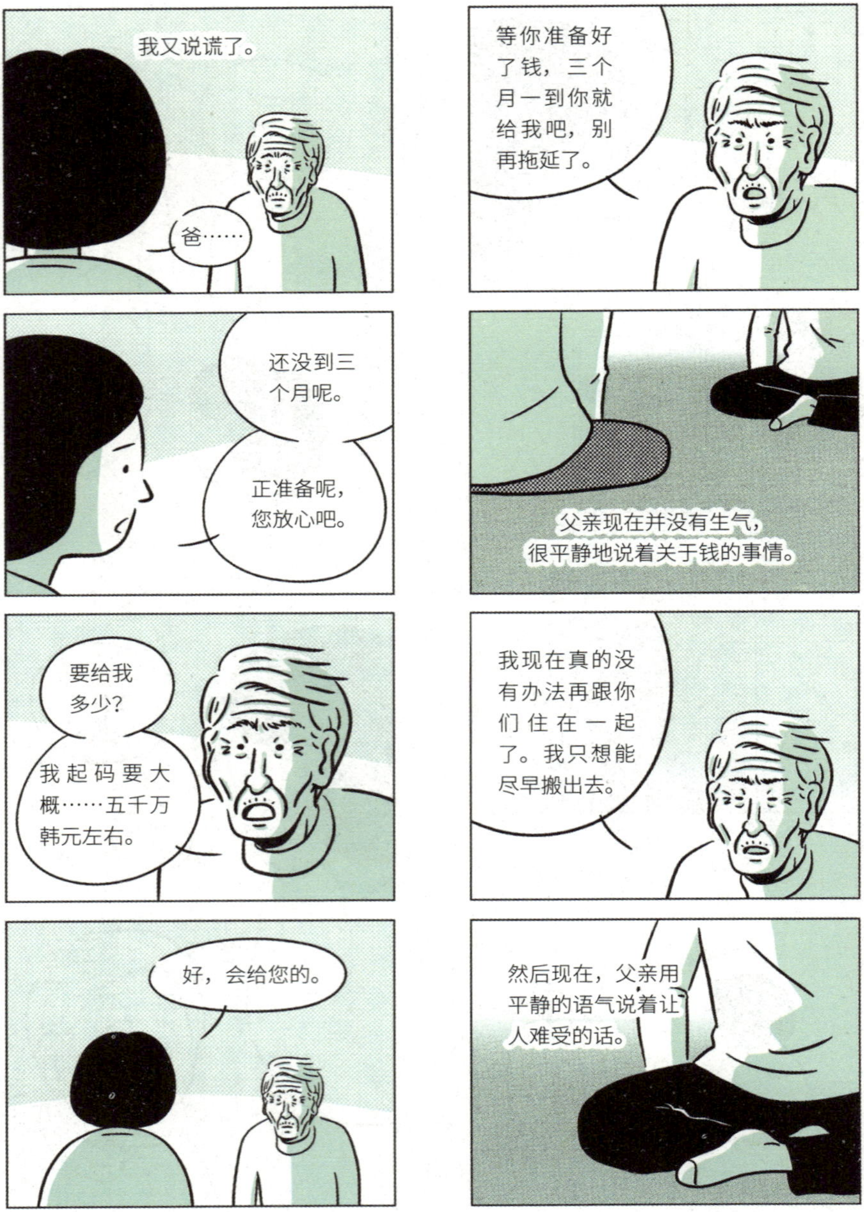
我又说谎了。
爸……
等你准备好了钱，三个月一到你就给我吧，别再拖延了。
还没到三个月呢。
正准备呢，您放心吧。
父亲现在并没有生气，很平静地说着关于钱的事情。
要给我多少？
我起码要大概……五千万韩元左右。
我现在真的没有办法再跟你们住在一起了。我只想能尽早搬出去。
好，会给您的。
然后现在，父亲用平静的语气说着让人难受的话。

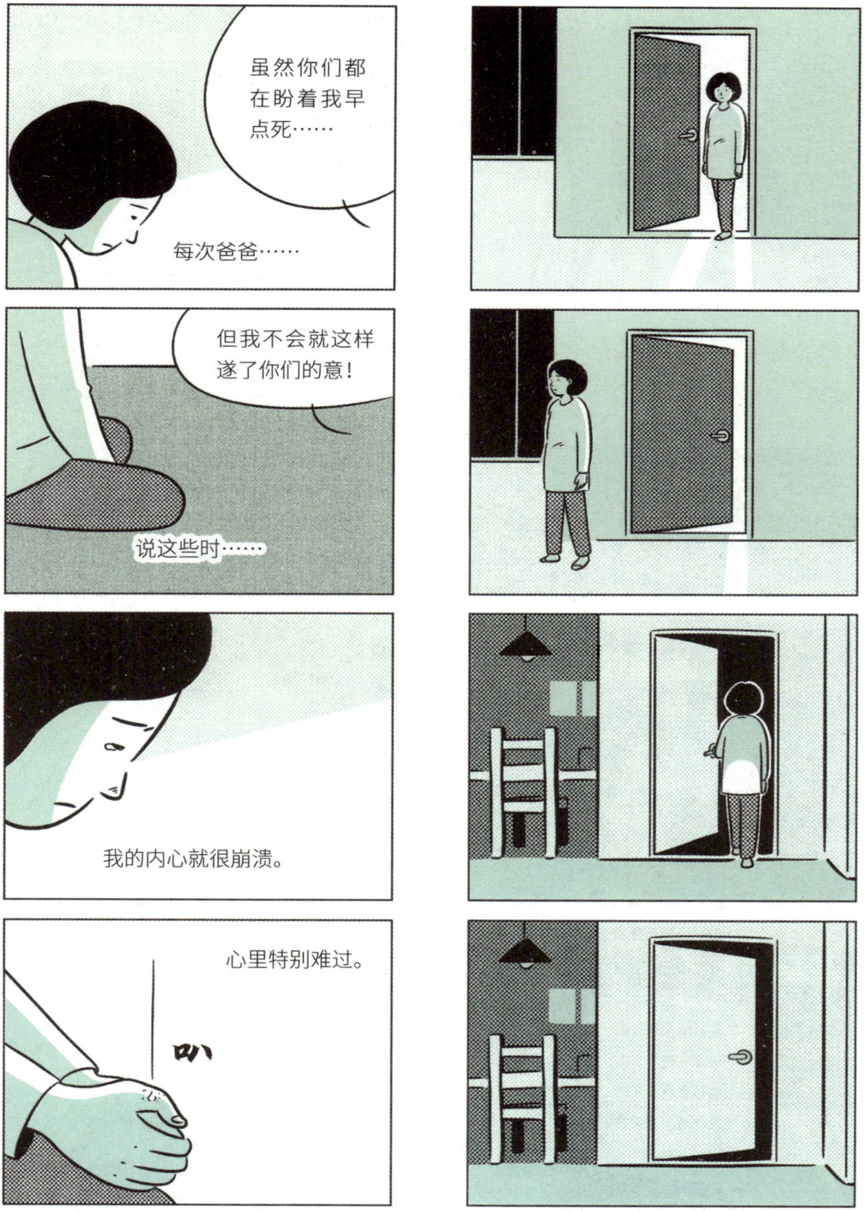
虽然你们都在盼着我早点死……
每次爸爸……
但我不会就这样遂了你们的意！
说这些时……
我的内心就很崩溃。
心里特别难过。
叭

然后紧紧地将这个念头握在手中。

某个念头浮出来了。

我捞出了那个念头。

里面写着：

我不想再和父亲住在一起了。在自己变得更讨厌他之前，我要结束这一切。

荣宇……

嗯?

怎么了?哪里不舒服吗?

是时候……把爸爸送到专门的机构去了。

大晚上的,是发生什么事情了吗?

没有……看来像我这种人只能做到这个地步了。

我……坚持不下去了。

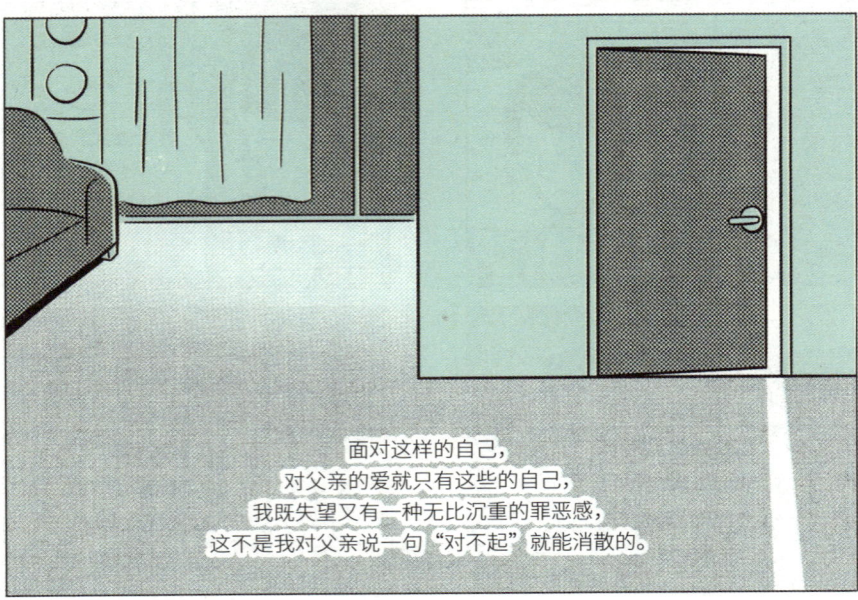

比起父亲，我更加重视肚子里的孩子和自己的身体。

面对这样的自己，
对父亲的爱就只有这些的自己，
我既失望又有一种无比沉重的罪恶感，
这不是我对父亲说一句"对不起"就能消散的。

36. 导火线

好的，
就这样吧。
但是我怕爸爸不愿意去疗养院……
你现在这种情况，也很难照顾好爸爸。
也要想一想你自己的身子。
这也是个问题……
养老等级快要出了吧？
嗯，下周。
我也没有多余的精力去照顾他……
我听说疗养院也是有等级要求的……
不是所有人都能去的。
我去打听一下，看看哪个地方比较合适。
嗯。
可能也要咨询一下……

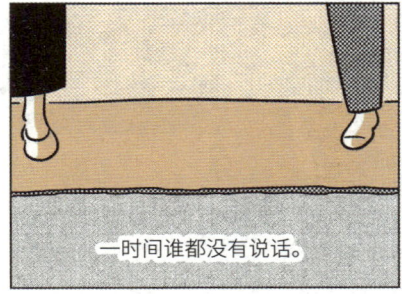

这些事情，本来觉得好像离自己很远……	姐姐和我
但是……爸爸患老年性痴呆症前也没有大的疾病啊。	一时间谁都没有说话。
他这一辈子虽然受了很多苦……	外甥女呆呆地看着我们。

在决定送父亲到专门机构之后，

我更难面对

父亲了。

咔哒

以前，我对送生病的父母去疗养机构这件事情

持比较赞同的态度。

我觉得各家的情况不同，若自己难以亲自奉养父母，对彼此来说，寻求专业机构的帮助也不失为一个好办法。

但当我身临其境，我比想象中的还要难过。

今天就先不要想这些了……
等明天等级结果出来之后再想这些事情吧。
虽然是难以和爸爸共同生活才做出的决定……
但做出这个决定真的好难……

今天是父亲的养老等级审批结果出来的日子。

国民健康保险工团

既然疗养院不行的话……
如果想送爸爸去专业机构的话，是不是要送到疗养医院去了？

嗯……

老年人长期疗养保险说明会

父亲的等级被评定为"在家～5级"。

不过，那边的费用太贵了。

虽然可以申请成人日托服务，但不能申请入住疗养院。

也是，怎么办好呢？

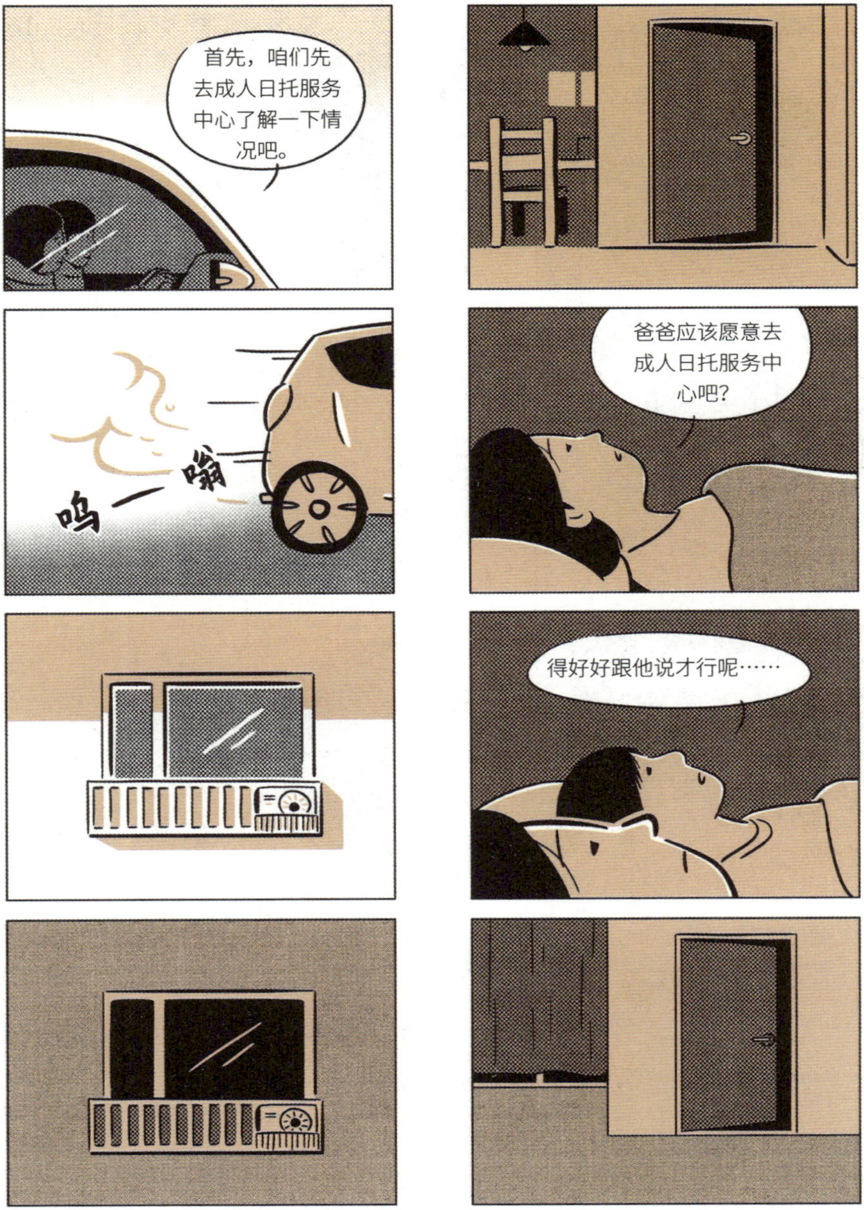
首先，咱们先去成人日托服务中心了解一下情况吧。
呜—嗡
爸爸应该愿意去成人日托服务中心吧？
得好好跟他说才行呢……

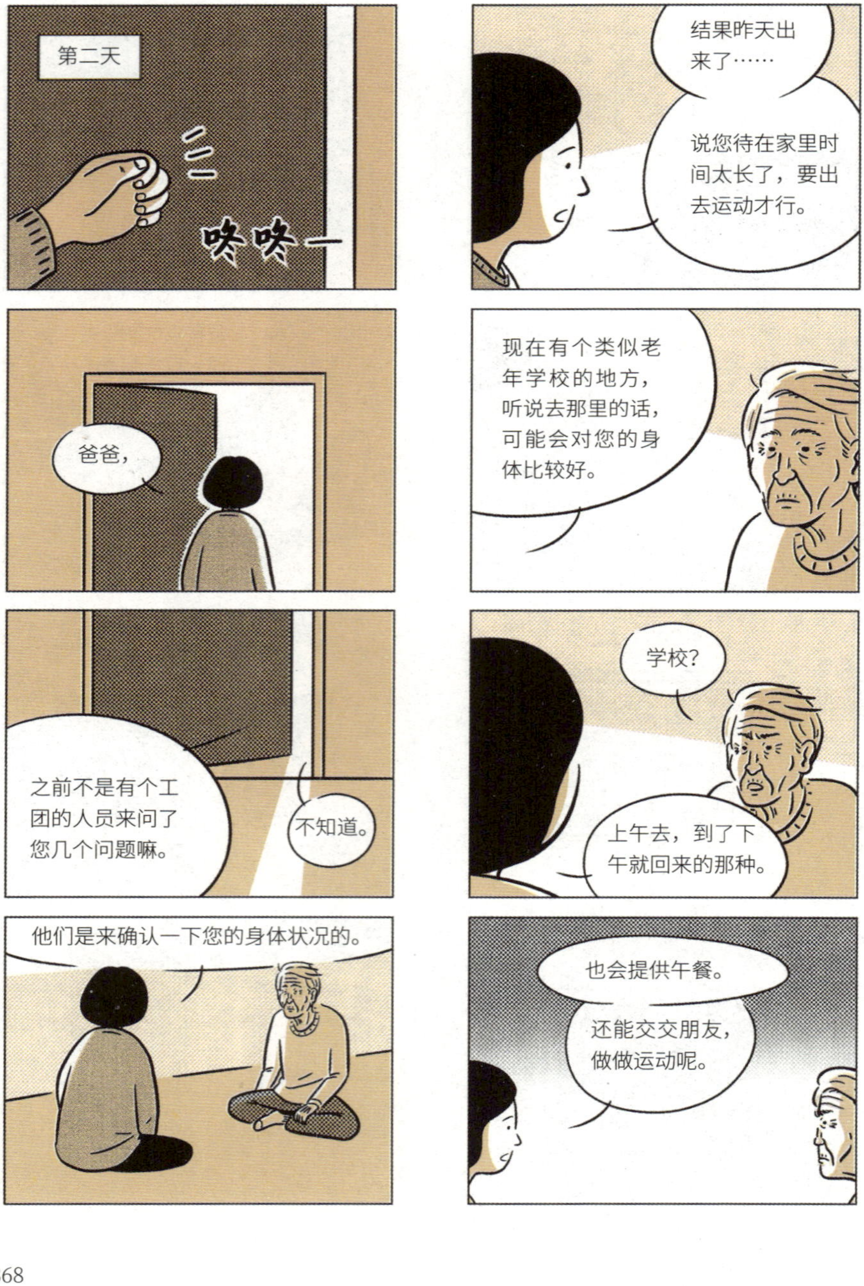

第二天
咚咚——
结果昨天出来了……
说您待在家里时间太长了，要出去运动才行。
爸爸，
现在有个类似老年学校的地方，听说去那里的话，可能会对您的身体比较好。
之前不是有个工团的人员来问了您几个问题嘛。
不知道。
学校？
上午去，到了下午就回来的那种。
他们是来确认一下您的身体状况的。
也会提供午餐。
还能交交朋友，做做运动呢。

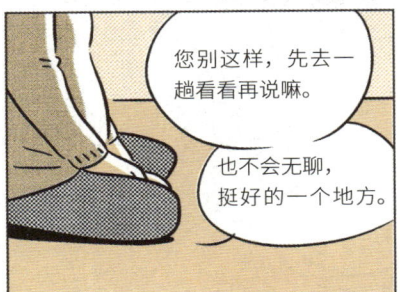

不去！我才不去那种地方。	你们打算把我送到那里？！
您一直待在家里的话，身体会变得更差的……	别跟我耍花样，给我钱！
我自己的身体，我自己知道。就是不去！	我上当过一次，还会继续上当吗？！
您别这样，先去一趟看看再说嘛。也不会无聊，挺好的一个地方。	你们这些家伙这是完全把我当成傻子了啊？！

父亲非常愤怒，
我一时间也忘记了。
那您随便吧！
他患病的事情……
你说什么？！
我逃也似的离开了父亲的房间。
你过不过来 ?!
我开始有
些恐惧。

31. 急救室

过不过来啊你！
惊慌失措。
你让她过来！
察觉到了风暴的来临。
我非揍她一顿不可！
岳父，您冷静一下。
心脏怦怦直跳。
放开！
你给我出来！
岳父！

恶语不断。

马上出来！！

你看我不踢你！

那个该死的肚子！

我一下子愣住了。

我现在要做的，是稳住心神，让自己冷静下来，

但这太难了。

我能做的，只是抱着肚子，

跟肚子里的宝宝说一句"对不起"。

爸爸的怒火一直没有平息，

如果您父亲不愿意来医院，并且情况越来越严重的话，

那就只能求助警方了。

您好，我爸爸有老年性痴呆症……

清醒点后，我给老年性痴呆症专属服务中心打了电话。

我要打死她！

现在他情绪特别激动，可能需要送往医院呢……

这种情况需要我联系救护车吗？

爸爸和荣宇纠缠了半天，

如果患者拒绝上车，救护车可能没办法提供到很好的帮助。

最终，我还是选择了报警。

112

在警察的帮助下，

哨— 哨—

急救室

我们把父亲送到了医院，

嗯……

在哪里？在家吗？

是姐姐。

注射了安眠药后，

在医院……

医院？在医院干吗？

父亲整个人才平稳了下来。

叮 嗡—
您来了？
等候室
父亲就跟平时一样……
都没吃午饭吧？
你不能饿着。
安稳地……睡着了。
我在这儿，你俩先去吃饭吧……
对，你先出去吃吧。我现在不怎么想吃。
那就去买点面包，简单吃点吧……

夏敏待会儿怎么吃东西？
那些狠话一直在我耳边萦绕着。
我带了些零食。
吃那个就可以。
我，已经没有信心能够继续和父亲住在一起了。
爸爸……醒过来就没什么大碍了吗？
直接送爸爸到疗养医院吧……
我想起了父亲刚刚狠狠骂我的样子。
我很害怕面对父亲。

疗养医院
呜—嗡—
需要一名病患的家属陪同前往。
在父亲陷入沉睡的时候，我们把他送到了疗养医院。
我来。
那我们打辆出租车跟着你们。
好。
请开到 ×× 疗养医院！
嗒—

○○老年疗养医院
等爸爸醒了之后我先进去。
看看爸爸是不是还记得在家里发生的事情，再看看他的状态怎么样。
来了？
爸爸呢？
等你能进去的时候你再进去。
行。
医生说等岳父醒了之后，先简单做几个检查，然后再办理住院手续。
说不定又发脾气……
嗯……

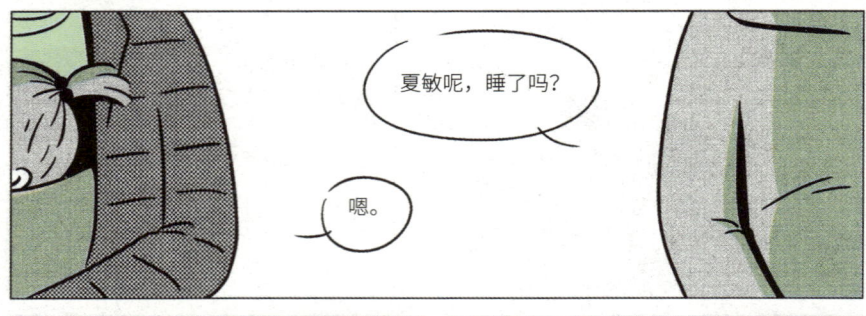

这段时间……你们真的辛苦了。

妹夫你也是。

之后，我会来看爸爸的。

现在你要先顾好自己的身体。

还是要一起来吧……

夏敏呢，睡了吗？

嗯。

等那个孩子长大了，姐姐、荣宇和我……我们也应该都老了吧……

恐 空房间

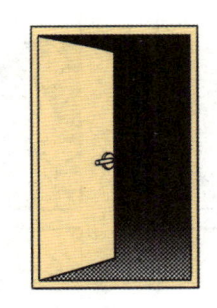

○○老年疗养医院

荣宇和我在休息室等姐姐出来。

李凤燮先生的病房是301号房间。

希望爸爸能够适应得很好……

对……

我先过去看看。

把夏敏交给我们吧。

301

爸爸怎么样？

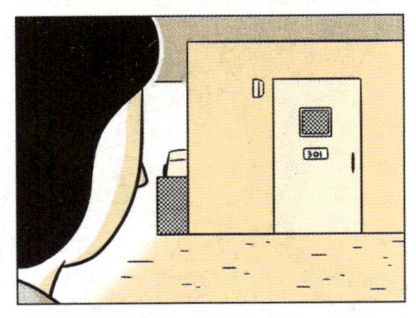

他好像记得在家里的事情。

不过,他好像误会了什么……

他说你和妹夫把他交给了某个组织,然后把他关在这里……

我说不是那样的,是因为他身体不适所以才送来医院的。

我觉得今天你最好不要过去了。

在打车回家的路上,

大家都从紧张的状态中放松了下来,斜靠在座椅上。

只有什么都不懂的小外甥女,
因为刚睡醒的缘故,
充满了活力。

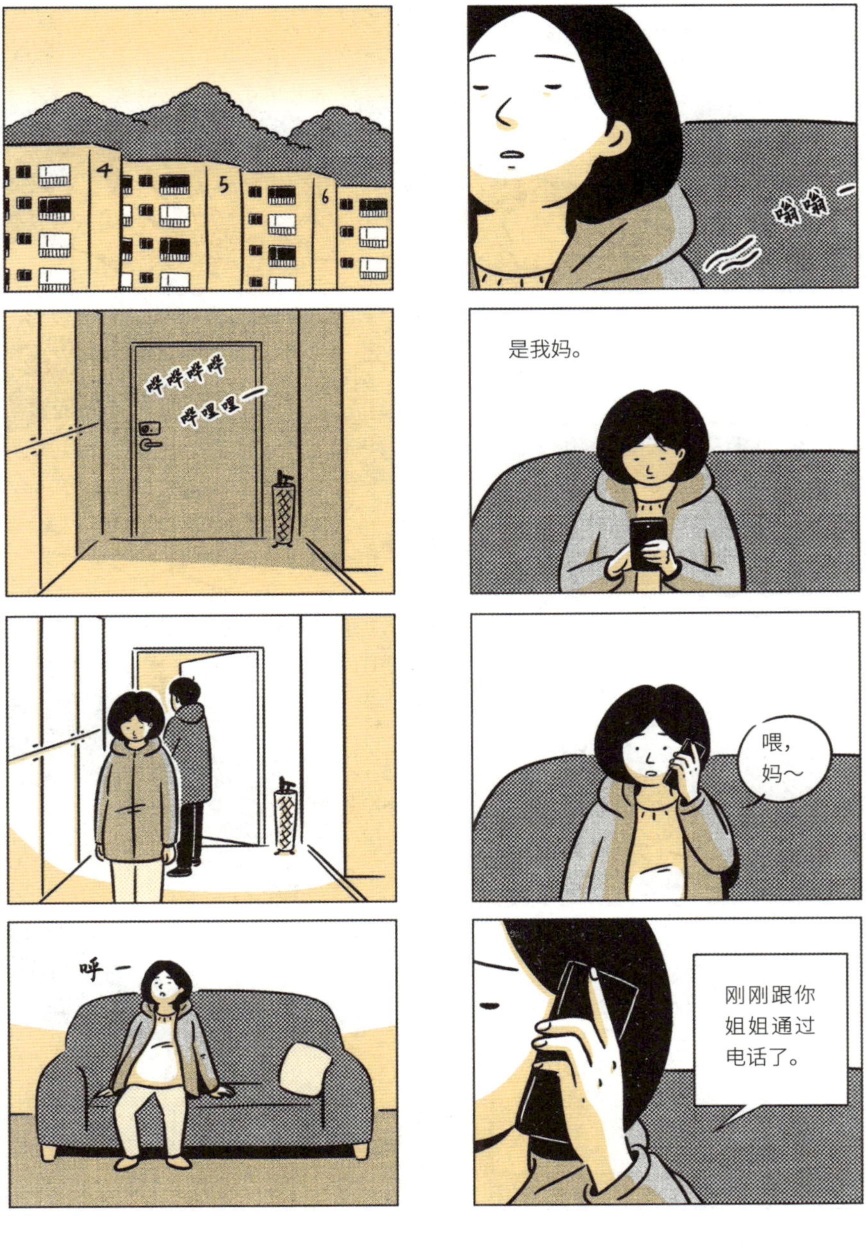

哔哔哔哔
哔哩哩—
呼—
嗡嗡—
是我妈。
喂，妈～
刚刚跟你姐姐通过电话了。

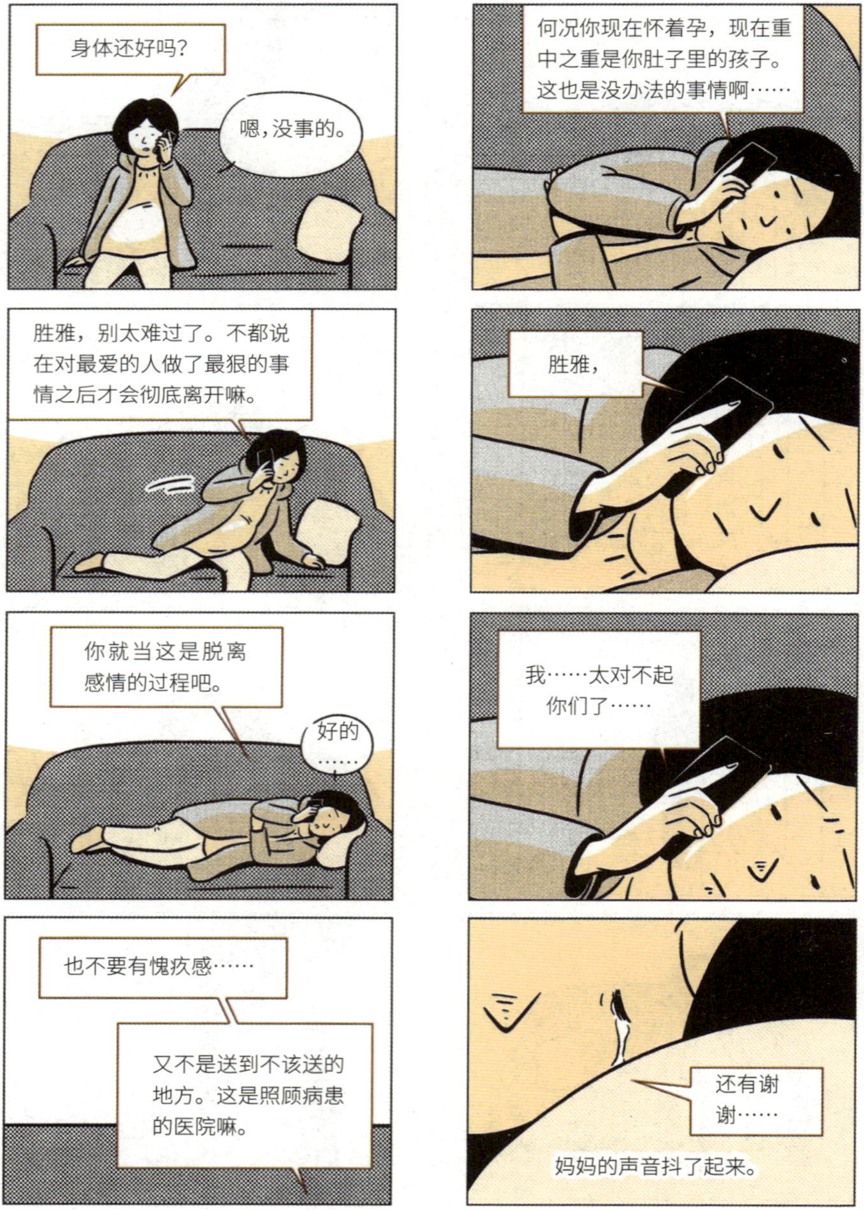
身体还好吗？
嗯，没事的。
胜雅，别太难过了。不都说在对最爱的人做了最狠的事情之后才会彻底离开嘛。
你就当这是脱离感情的过程吧。
好的……
也不要有愧疚感……
又不是送到不该送的地方。这是照顾病患的医院嘛。
何况你现在怀着孕，现在重中之重是你肚子里的孩子。这也是没办法的事情啊……
胜雅，
我……太对不起你们了……
还有谢谢……
妈妈的声音抖了起来。

荣宇呢？在旁边吗？

如果在旁边，让他接一下电话。

沙—

我站在稍微远一点的地方看着父亲的房间。

电话，是我妈。

您好，岳母。

是。

我还是没有办法仔细去看没有父亲的这间空房间。

咔嗒

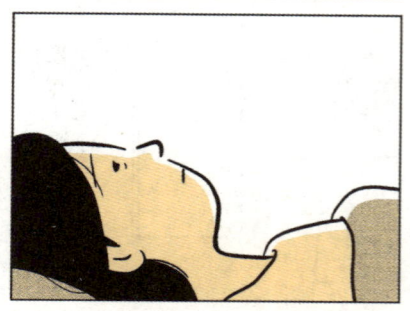

那个，我是昨天入院的李凤燮先生的监护人。
想问一下他的状态怎么样了……
麻烦你们了……
谢谢！
李凤燮先生的进餐情况挺正常的。
但是，到了晚上，他经常会走来走去的。
因为他找不到自己的房间，我也告知了他几次。
呜呜…
可能是因为刚来的缘故。
好的……
呜
呜呜—

我想象着像迷路的小孩儿一样……
呜呜—
在医院走廊上走来走去的爸爸。
就连哭出声音这件事情都让
我充满了负罪感。
呜呜
呜呜呜

3、四月

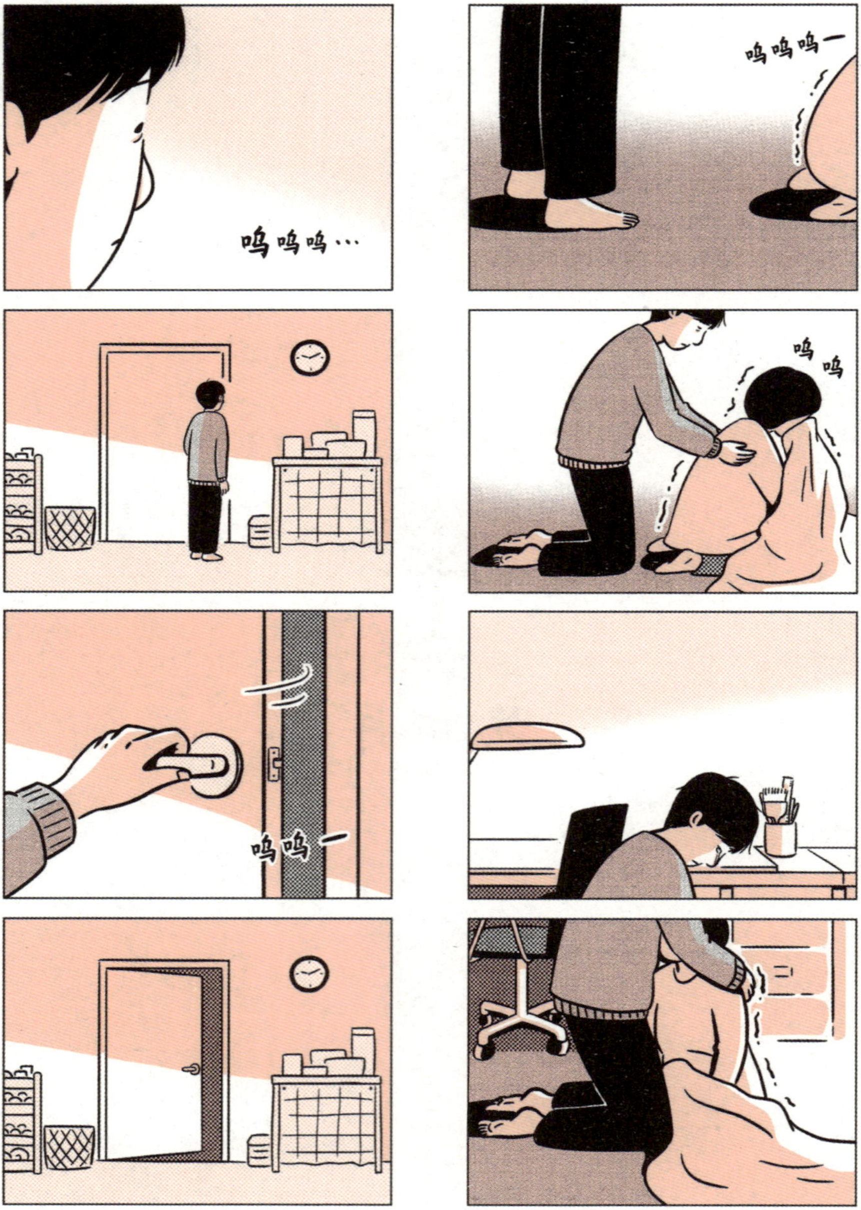
呜呜呜…
呜呜—
呜呜呜—
呜
呜

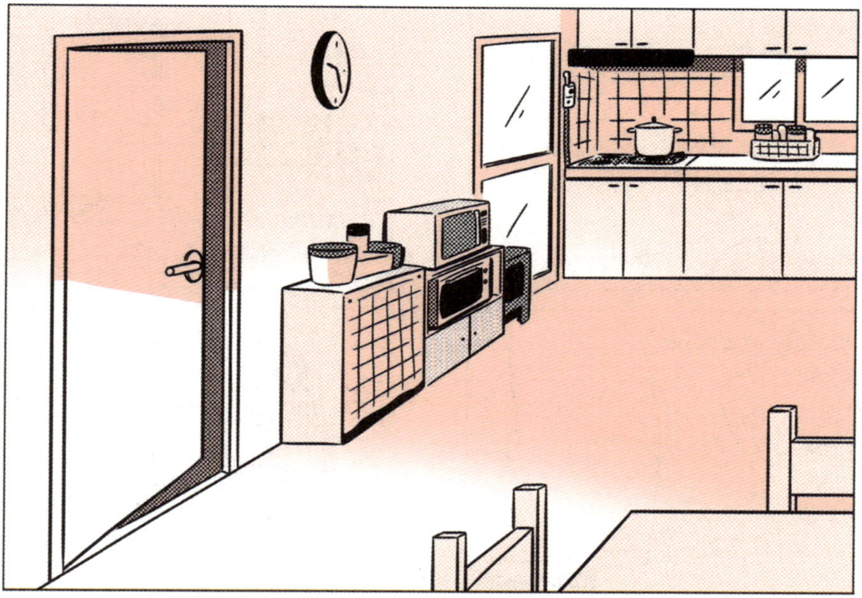

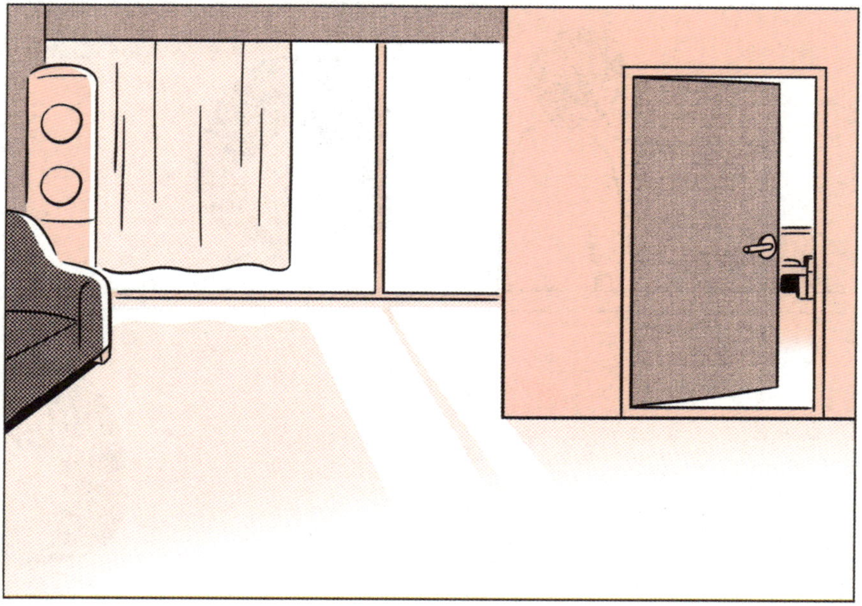

春天来了。

宝宝很健康。

荣宇和我的生活

也重新归于平静。

虽然将父亲送到疗养医院之后,我的压力消散了很多,

但是有时想起父亲的时候,

心情就会变得很沉重。

我每天晚上都会梦见父亲。

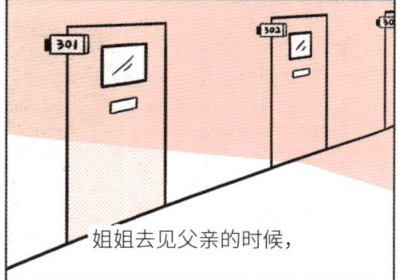

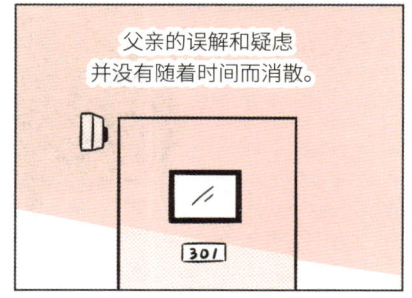

我们每周都会去一趟医院。

○○ 老年疗养医院

从父亲病房里出来的姐姐，

301

姐姐去见父亲的时候，

总是努力保持着平静。

荣宇和我，还有我的小外甥女，就只能待在休息室。

然而突然有一天，她最终还是没有忍住，

301

父亲的误解和疑虑并没有随着时间而消散。

301

出来后掉了眼泪。

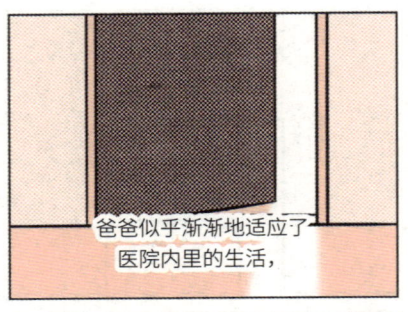

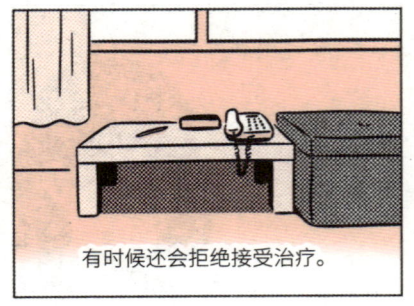

爸爸似乎渐渐地适应了医院内里的生活，

偶尔跟爸爸通话的时候，

您得好好用餐啊。

但大约过了一个月，父亲的健康状况和精神状况变得越来越差了，

不吃！

一些狠话通过话筒传递了过来。

有时候不愿意吃饭，

我他妈要去死了，你知道吗！

虽然我很难过，

有时候还会拒绝接受治疗。

但是听到了父亲的声音，也安心了不少。

关于开始全新的漫画项目，	那一晚，我们都没怎么睡好。
多亏找到了能够连载它的平台。	希望这部漫画……一定要成为一部好的作品……
在连载的第一天， #.序言	可以的。 咱们加油吧。
大家的反应好像还挺不错的。　　是的呢。	

今日天气真好啊。

是啊,好久没这样了,空气也好清新啊!

在春暖花开的四月,

无心川到处盛开着樱花。

我的身体变得越来越笨重了,所以每一步走得都很小心。

就像以前和父亲一起散步的时候一样……

好久不见啊,无心川。
从去年秋天和爸爸来过那次之后,这还是第一次来呢……

岳父如果能在这个鲜花盛开的时候来该有多好啊……

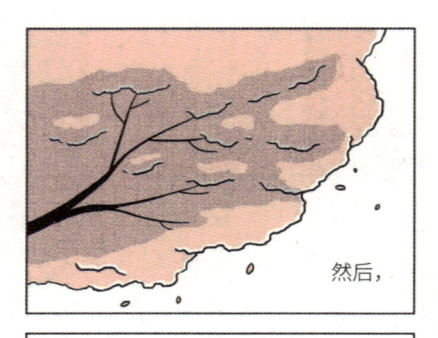

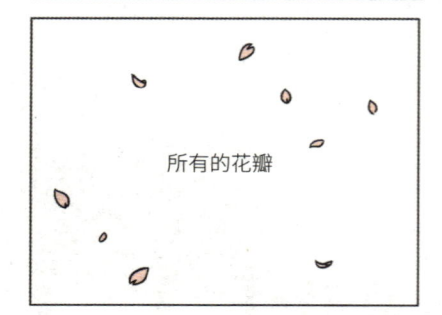

然后，

一片，两片……

所有的花瓣

纷纷落下的时候

我们接到一个电话。

喂～

是的……

啊……

40. 春天将过去

岳父的情况好像很不好呢……
我们好像得马上赶过去看一下呢。
嗯……
姐！
刚刚医院来电话了，爸爸情况好像不太好呢……
我们马上出发。
楼下见。
嗡—嗡—
喂。
正打算出门的时候，医院又打来了电话。

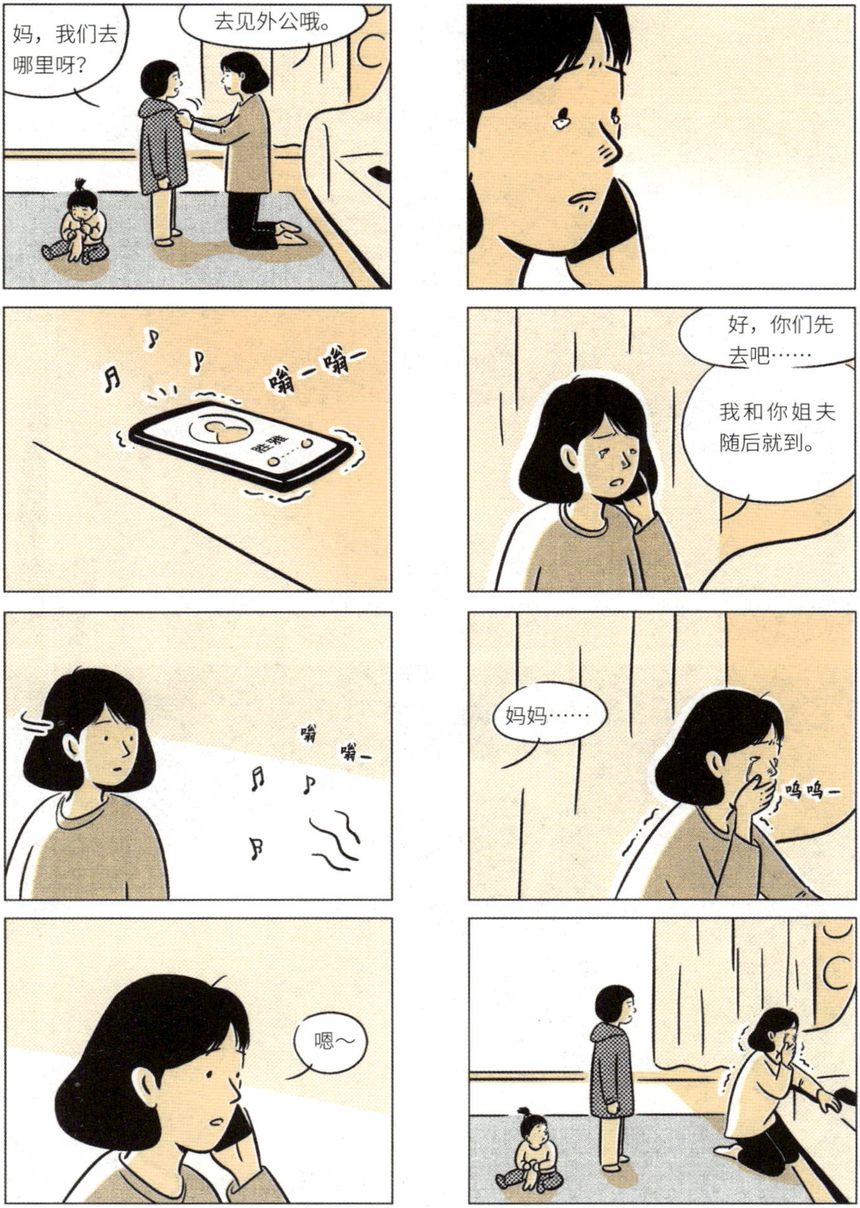
妈，我们去哪里呀？
去见外公哦。
嗡—嗡—
胜雅
好，你们先去吧……
我和你姐夫随后就到。
嗡
嗡—
妈妈……
呜呜—
嗯～

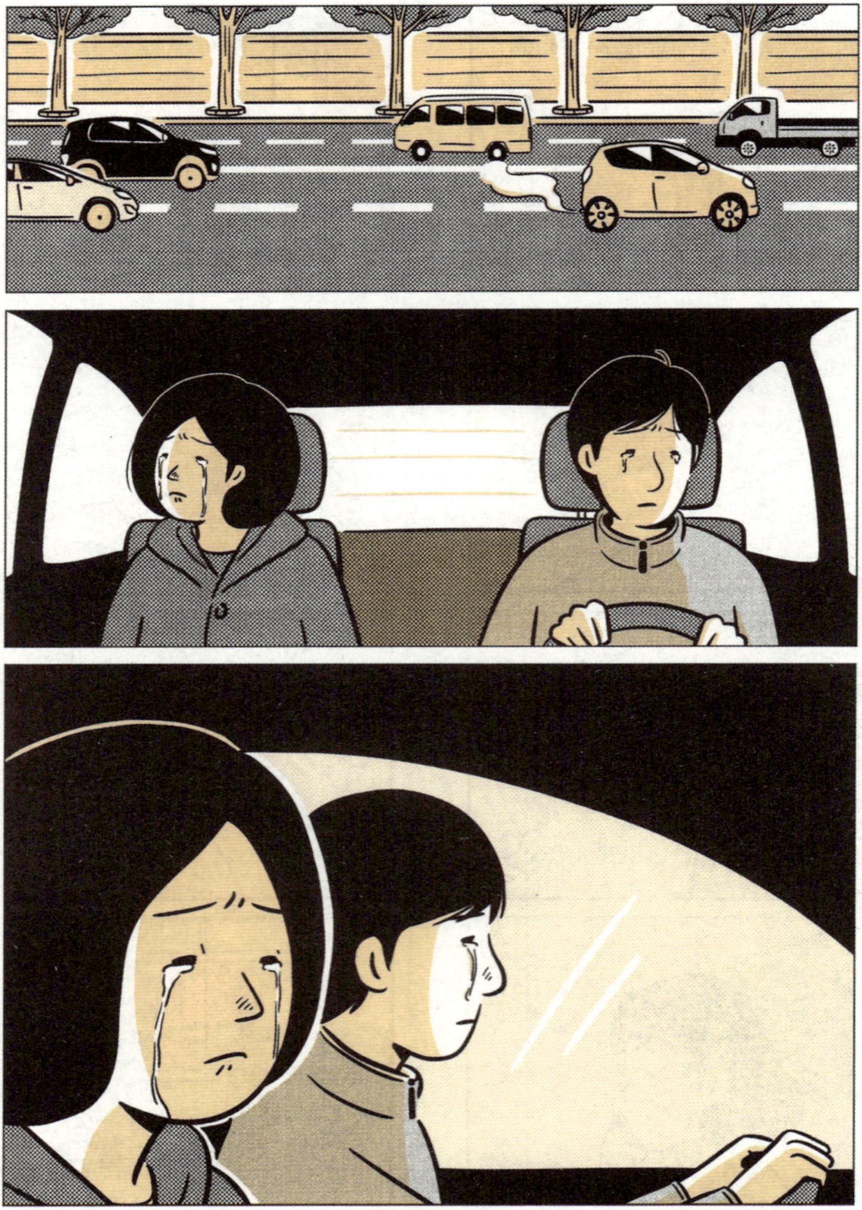

叮一嗡一

父亲，

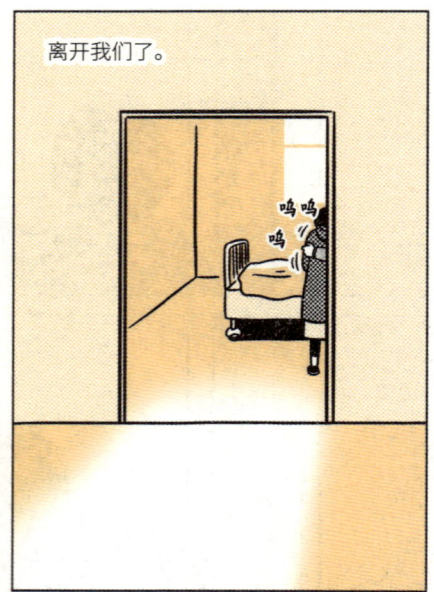

离开我们了。

爸爸……

我去见主治医生。
你先坐一会儿。

时隔三个月再看到父亲，

实在难受，就去外面……

真的非常……

爸爸……

不，我就待在这里……
你去吧。

高兴。

我好想你啊……

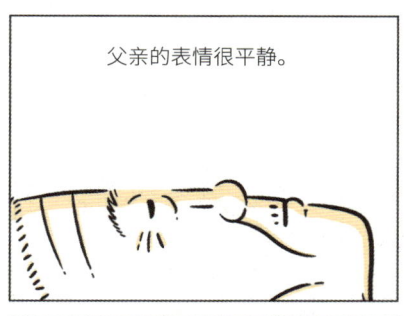

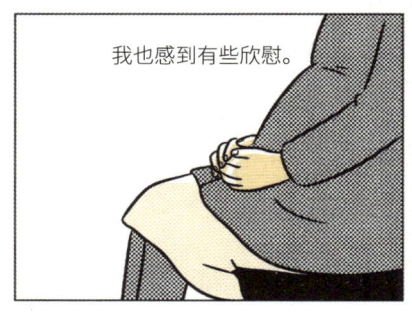

父亲的表情很平静。

虽然他的去世令我很伤心，

但一想到他再也不用遭受这些痛苦了，

我也感到有些欣慰。

一束阳光照了进来。
窗外传来唧唧喳喳的鸟叫声。

41. 父亲留下来的东西

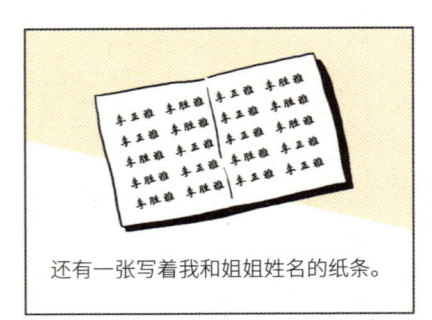

在父亲小小的抽屉里，

还有一张写着我和姐姐姓名的纸条。

有褐色玳瑁的老花镜，

也许……

写有电话号码的小本子，

是为了不忘记我们的名字，

几支笔，

父亲才会这样反复写下来。

然后，

跟父亲一起拍的照片。

在抽屉的角落有张照片。

是我刚上小学时，

放学回家的时候，
我回来了！
好，上完课了吗？
唰啦—
父亲总是在家等着。
饿了吧？
我们马上就吃饭，你去洗个手。
即使家里生活并不好的时候也会偶尔给我烤鱼吃。
嗞—嗞—
在圆圆的白色餐桌上，一碗白米饭和一块烤青花鱼，一碟被切得整整齐齐的泡菜和萝卜块。
爸爸剔出白白的鱼肉，
放到我的饭碗里。

一碗饭被我吃得干干净净的。	
然后父亲只把剩下的鱼皮给吃了。	是了，
青花鱼这种东西，本来就是鱼皮最好吃。	他总是……
年幼的我以为父亲说的都是真的。	如此。

我回想起了从父亲那里得到的很多爱，也回想起了自己对父亲做过的很多错事。感恩、愧疚、怨恨、悔恨在我的脑海中交织成一片，

最终只剩下了想念。

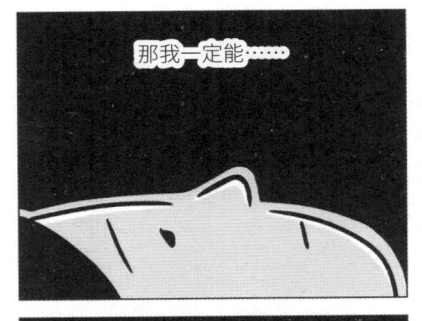

	如果我能把父亲给予我的
我们……	全部给予我的孩子，
也要成为阳阳的好妈妈、好爸爸……	那我一定能……
好…… 是要努力啊。	成为一个好妈妈。

春天就这样过去了。

夏天到了。

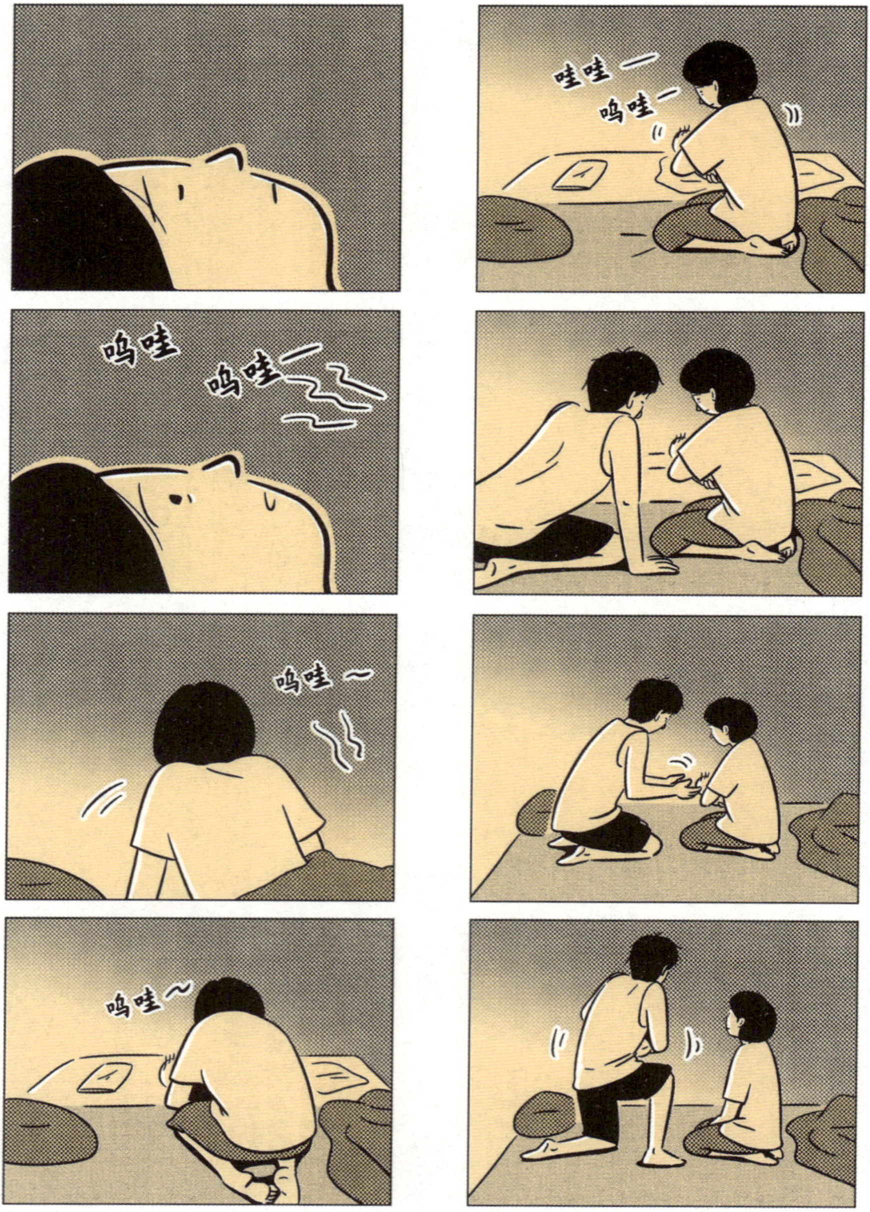
呜哇
呜哇——
呜哇～
呜哇～
哇哇——
呜哇—

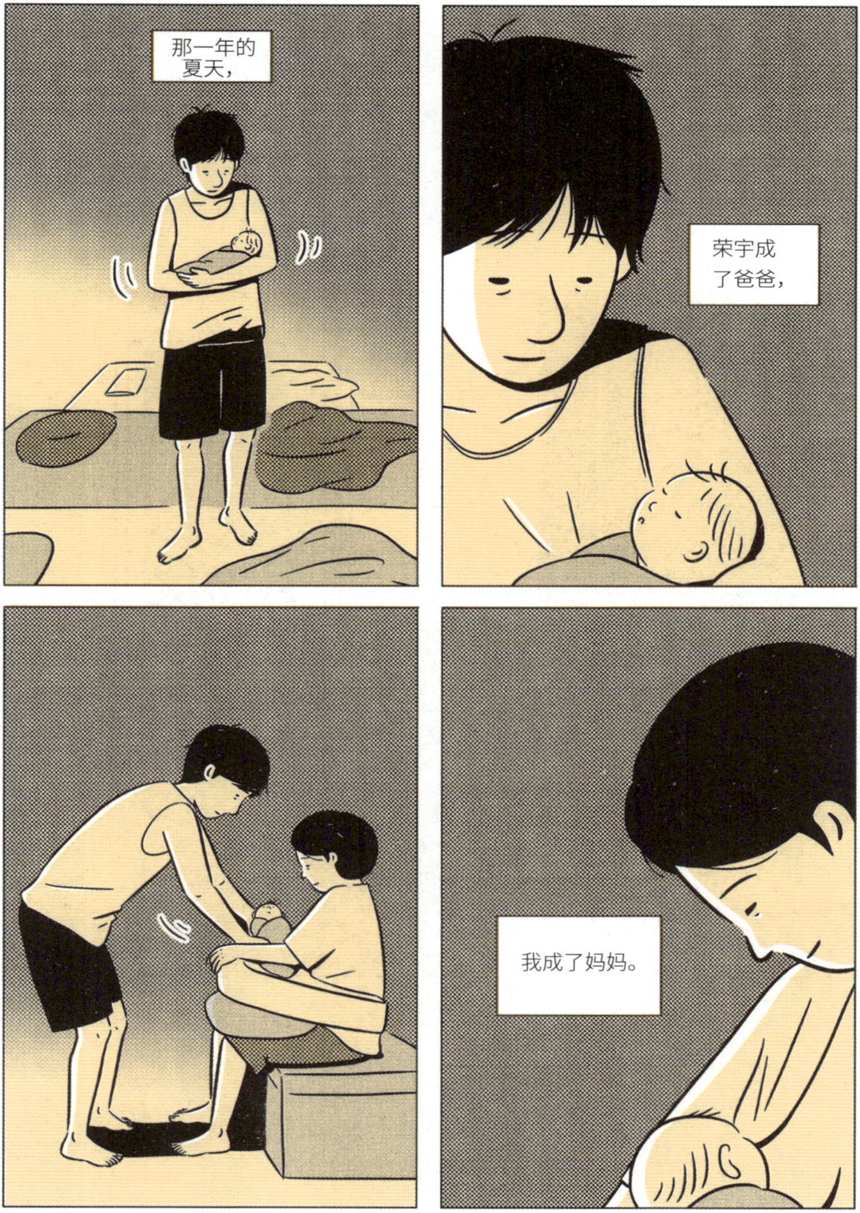
那一年的
夏天，
荣宇成
了爸爸，
我成了妈妈。

我们现在也为人父母了。

作家的话

Shim Heung Ah

　　《呆呆地》是一部改编于我和父亲相处时的点点滴滴的故事。因为不能全部写进这部作品当中，所以只能省略了许多内容，部分内容为使剧情通顺也有所改动。但现实生活是比漫画更痛苦，更折磨人的。我认为如果将其原封不动地展现出来的话，这将会是一个非常凄惨和悲伤的故事。所以我想以一个平静客观的心态去讲述这个故事，虽然那段时光很难过，但还是想把在那段痛苦岁月中发现的闪光之处分享给读者朋友们。

　　一开始我认为这部漫画是为我父亲而作的一部作品。然而，完成这部作品之后才发现，《呆呆地》这部漫画其实是为我自己而作。我在这部漫画中诉说着自己的痛苦，哭泣着，安慰着自己。但是这并不容易，这段过程充满了艰辛。因为必须要再次面对那些痛苦的瞬间和无数的情感，并且我的孩子出生在漫画连载过程中，生产过后我整个人处于非常疲惫的状态。能够完成这部作品，多亏了我的丈夫也是这部漫画的画师 Woo Yeong Min、我的儿子和我的家人们，以及真心支持我们的读者朋友们，还有我的父亲。

　　回首往事，和父亲一起生活的时间几乎占据了我整个前半生。因为从我出生之后，到送父亲去疗养医院之前，我和父亲一直住在一起。在我步入三十岁，开始赚钱之后，我就认为自己是在赡养父亲。但是仔细一想，好像并不是我在赡养父亲，而是父亲一直陪伴着我。并不是父亲跟我们在一个家里生活，而是父亲本身就是我的家。

　　在送走父亲并有了自己的孩子之后，我的这种想法越发强烈：和所爱之人相处的每一个瞬间，都异常珍贵……我会时刻牢记这份心情，然后好好地生活下去。

Woo Yeong Min

  写这种后记对我来说是一件特别难的事情。因为一想到有人会看到我写的句子，敲击键盘的手就会不由自主地停下来。可能是因为我自己本来就认生，也羞于和别人讲关于自己的故事。我也很想说一些风趣的话，写一些帅气的句子，但这对我来说并不容易。所以我决定想到什么，就写什么。如果看起来杂乱无章的话，还请各位读者朋友多多谅解。

  一开始我们计划创作这部作品的时候，并没有想到它会给我们带来如此沉重和心痛的感觉。在连载过程中发生了很多令我们措手不及的事情，作品的内容也变得更加沉重。我本来想，在漫画中像是抱怨一般地讲述着我们那段痛苦的时光会有什么意义呢？但是后来在评论区看到一位读者朋友的留言说，他看完《呆呆地》这部漫画之后想起了自己的父母。至此我才觉得创作这部漫画是一件有意义的事情。因为我们夫妻对与老年性痴呆症相关的事情一窍不通，并且在没有任何心理准备的情况下就接触到了这个领域。所以整个过程中我们显得非常混乱。和岳父的离别也是如此。虽然我们没有事先做好准备，也出现了很多失误，但是我们希望我们的这些失误能够对读者朋友们有所帮助，哪怕只有一点点。希望各位能够与自己所爱之人度过更有意义的生活。希望，大家一定不要重蹈我们的覆辙……

  漫画中的阳阳已经开始学着走路了。我们仍然是一对不成熟的父母，但也正在努力地将我们从自己父母那里得到的爱传递给他。我们珍惜着这些平凡的日子，认真去过好当下的每一天。希望我们所有的人都能够岁月静好，平安喜乐。

尾声

我们，创作一部关于爸爸的漫画吧。
但是要构思故事情节的话，就需要再次回想起当时那些难过的日子呢……
岳父的故事吗？
嗯。
对你来说会不会太辛苦了？
没问题吗？
与患有老年性痴呆症的父亲一起生活的故事。
反正也不能老是憋在心里。
嗯……还不错。
这样发泄出来反而会更好一些吧……

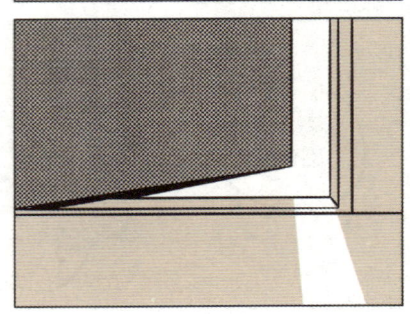

最后一个场景我都想好了。

爸爸开心地大笑着，与此同时窗外下着初雪……

最后一个场景你已经想好了？

棒啊！

每一次的创作我都很神奇地先从大结局入手……

说说看。

我跟爸爸说我怀孕的那一刻。就是那个场景。

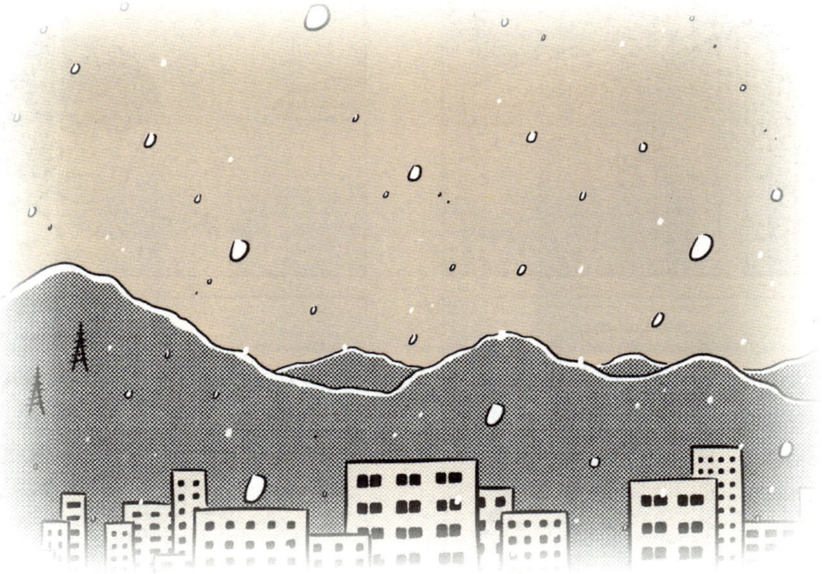

《呆呆地》

与年迈的父亲一起生活的家

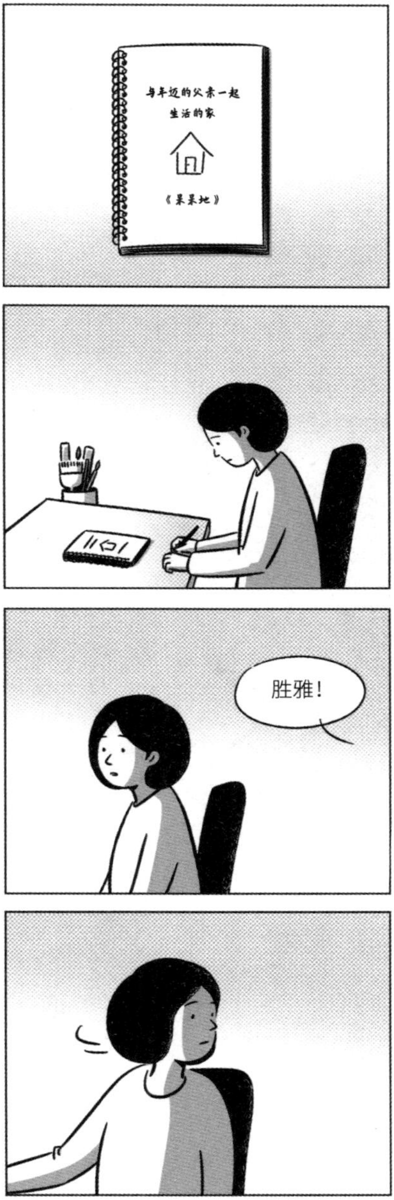
与年迈的父亲一起
生活的家
《呆呆地》
胜雅！

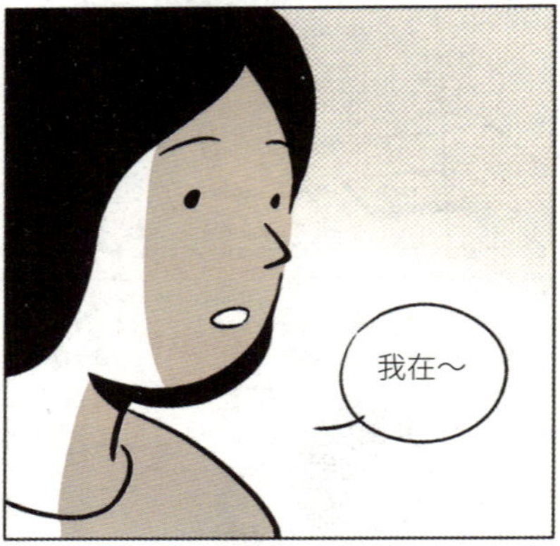
我在～

父亲在叫我。